Hélène DESTREM

# COMPTES À REBOURS

*Émilie*

ROMAN

« Le Code de la propriété intellectuelle et artistique n'autorisant, aux termes des alinéas 2 et 3 de l'article L.122-5, d'une part, que les « copies ou reproductions strictement réservées à l'usage privé du copiste et non destinées à une utilisation collective » et, d'autre part, que les analyses et les courtes citations dans un but d'exemple et d'illustration, « toute représentation ou reproduction intégrale, ou partielle, faite sans le consentement de l'auteur ou de ses ayants droit ou ayants cause, est illicite » (alinéa 1er de l'article L. 122-4). Cette représentation ou reproduction, par quelque procédé que ce soit, constituerait donc une contrefaçon sanctionnée par les articles 425 et suivants du Code pénal. »
Il en est de même pour la traduction, l'adaptation ou la transformation, l'arrangement ou la reproduction par un art ou un procédé quelconque.
Tous droits réservés pour tous pays.

©2017, Hélène Destrem
Éditeur : BoD - Books on Demand,
12-14, rond-point des Champs-Élysées, 75008 PARIS.
Impression : BoD – Books on Demand, Allemagne.
ISBN : 978-2-322-10869-5
Dépôt légal : décembre 2018.

# AVANT-PROPOS

Octobre 2015. La maison d'édition de mes premiers romans *La Légende du futur* et *Éprise au piège* est placée en liquidation judiciaire.

C'est dans ce contexte chaotique que je fais la connaissance de Fred Daviken, auteur chez le même éditeur. De partage d'expériences en partage de nos romans, il me proposa, un mois plus tard, un petit défi :
— Bon, je sais pas toi, mais cette liquidation me mine. Faut qu'on trouve une dynamique positive. Ça te dirait d'écrire une nouvelle à deux ?
— Qu'entends-tu par-là ?
La liquidation judiciaire venait de révéler quelques détails surprenants sur la façon dont l'éditrice gérait la maison d'édition et ces vérités avaient sur moi un effet immédiat : je venais de reprendre l'écriture d'un nouveau roman ébauché un an plus tôt. J'étais bien décidée à enfin extraire de mes pensées une histoire qui mûrissait lentement depuis plusieurs mois. Les idées fourmillaient, je couchais les mots par centaines à chaque séance d'écriture, bref, j'étais lancée ! Dans ces conditions fécondes, était-ce bien le moment de m'engager dans un duo d'écriture qui me demanderait un investissement certain ?
Fred précisa sa pensée :
— Un texte d'environ dix mille signes chacun, qui présenterait une même histoire mais vue différemment par chacun de nos personnages.
Dix mille signes, ce n'était pas la mer à boire. Cela restait raisonnable, ne me prendrait pas trop de temps et pouvait même devenir très intéressant.

— Pourquoi pas ? répondis-je alors que je me laissais tenter. Oui, cela pourrait être marrant... Mais ça parlerait de quoi ? Quel genre ? À quelle époque ?

Instant de flottement à l'autre bout du combiné. Ma salve de questions le prenait au dépourvu. Il suggéra, inspiré :

— Une histoire d'amour qu'on raconterait du point de vue de l'homme et de celui de la femme. Un truc classique. Mais pas style *Roméo et Juliette* ou *Tristan et Iseut*. Une histoire plus contemporaine avec du sexe et de la violence. T'as vu *True Romance* de Tony Scott ? Sur un scénar de Tarentino... Ce serait l'esprit : un truc fort, intense, déjanté, un peu sous amphétamines. Une sorte de *Thelma et Louise*.

Mon collègue avait donc une idée bien définie du genre de texte qu'il voulait écrire. Je me demandai s'il avait réfléchi au projet au point d'en avoir déjà tracé les perspectives jusqu'à la ligne d'horizon.

— C'est une bonne idée ! Et la fin ça serait quoi ?

— Je ne sais pas encore. On verra... Mais, pour se donner un cadre, on pourrait appeler cette nouvelle *Comptes à rebours* et la découper en dix chapitres, c'est pas con, ça ?

— Non, c'est pas con...

Pas con, mais très flou pour moi. Je n'avais aucune idée de ce vers quoi la proposition de Fred allait nous mener, d'autant que je baignais dans l'univers de mon propre roman. Cependant l'aventure me tentait terriblement.

Je lui ai pris la main et nous avons sauté du haut de la falaise vers les flots inconnus d'un récit qui s'annonçait tumultueux.

Dans les faits, pris à notre jeu et à nos personnages, nous avons écrit un chapitre par semaine avec une régularité de métronomes et nous avons largement dépassé le format que nous nous étions fixé : vingt fois le nombre de signes. Pour le reste...

*Une femme. Un homme. L'histoire d'une rencontre ordinaire, d'un amour intense, d'une ascension, d'une chute et... Une histoire en onze étapes.*

Êtes-vous prêts ? Le compte à rebours commence.

Hélène Destrem

*Les personnages et les situations de ce récit étant purement fictifs, toute ressemblance avec des personnes ou des situations existantes ou ayant existé ne saurait être que fortuite.*

# 10

Paris. La première chose qui saisit Émilie en descendant du train à l'aube fut l'odeur. Cette odeur de pollution qui vous prend à la gorge et vous étouffe, telle une main vaporeuse s'insinuant autour du cou et glissant le long de la trachée en un mouvement empoisonné. La vache ! Qu'est-ce que ça pue !, fut sa première pensée parisienne. Elle toussa deux, trois fois pour dégager ses poumons, sans succès. Elle était « dedans », elle devait se résigner. Durant une seconde elle pensa rebrousser chemin, s'abriter dans l'air sain du wagon, et repartir en sens inverse en direction de sa campagne. Une chimère. Il n'était plus possible de faire machine arrière. Elle devait profiter de la vie animée de la capitale pendant ses prochains jours de vacances forcées. Virée, la pigiste du journal local de Treffort-Cuisiat.

Traînant ses deux valises, une noire et une rose – toujours de la couleur avec le noir, toujours ! – et retenant sa besace et un sac à dos sur chaque épaule du mieux qu'elle le pouvait, elle traversa la gare de Lyon balayée par les courants d'air. Quelques coups d'œil suffirent à lui permettre de s'orienter, la gare n'ayant rien d'un labyrinthe. Bien vite elle se retrouva à l'extérieur, sur la place Louis-Armand baignée de lumière. Il faisait un temps magnifique et frais à cette heure matinale du printemps. Elle resserra le foulard autour de son cou d'un geste machinal.

L'amie chez qui Émilie était venue passer quelques jours n'habitait pas loin de la gare à vol d'oiseau. La provinciale à peine débarquée aurait été bien en peine, malgré tout, de rejoindre l'appartement à pied. Même aidée d'un GPS Émilie était capable de tourner pendant de longues minutes autour de sa destination, tant elle ne savait pas s'orienter... Elle saisit son téléphone et envoya un SMS à Caroline. Celle-ci répondit peu après ; elle arrivait. Quelques instants plus tard, la voiture de son amie parisienne se gara contre le trottoir. Caroline en descendit en courant.

— Salut Émilie ! Bienvenue à Paris ! lança-t-elle tout en l'embrassant gaiement.

— Salut Caro....

— Allez, fais pas cette tête ! Ça va s'arranger, tu verras.

— Si tu le dis... soupira-t-elle à travers une grimace qui s'apparentait à un sourire.

Caroline aida Émilie à ranger les valises dans le coffre et elles prirent le chemin de l'appartement. Elle travaillait de nuit comme infirmière à l'hôpital Necker. Une fois qu'elle eut aidé Émilie à s'installer dans sa deuxième chambre, elle s'excusa de devoir l'abandonner et alla se coucher. Elles auraient davantage le temps de discuter dans quelques heures. D'ici là et comme elles en étaient convenues, Émilie allait avoir le loisir de se rendre au Salon de *La Femme moderne et libérée*, dont c'était la première édition en cette année 2015. Caroline lui avait prêté un double de ses clefs afin qu'elle puisse rentrer sans la réveiller ou en son absence. Émilie était excitée comme une puce, enchantée comme une enfant à l'idée de découvrir ce Salon.

Lorsqu'elle descendit les marches qui menaient au métro, elle fut happée par la foule pressée. Le flot continu gonflait et s'animait de discussions. Elle fut complètement perdue en arrivant aux guichets des ventes de billets, point névralgique du métro. Des panneaux fleurissaient tous azimuts, des numéros de ligne étaient éparpillés de tous côtés, des couleurs différentes signalaient toutes sortes de destinations aux noms inconnus. Il lui fut impossible de ne pas passer pour une touriste tant elle scrutait chaque information d'un air dubitatif. Elle détenait heureusement *la* carte au trésor indispensable : le parcours d'accès au Salon. Elle valida son billet, franchit les barrières et suivit docilement les indications mentionnées sur son prospectus, tout en recherchant les noms correspondants sur les panneaux indicateurs.

Étrangement son cœur s'emballa, elle marcha de plus en plus vite, comme si chaque minute lui était comptée. Les gens autour d'elle étaient tous pressés, l'emportaient dans leur mouvement, lui transmettaient leur besoin vital de courir après le temps. Elle détestait ça ! Après avoir parcouru un dédale de boyaux au milieu du courant, elle atteignit enfin le quai. Elle entendit le métro arriver. Elle se souvint alors de ses gants. Rapidement extraits de son sac, elle les enfila au moment où le métro s'arrêtait devant les voyageurs. Caroline l'avait prévenue : le métro ne brillait pas par sa propreté. Aussi Émilie avait-elle pris ses précautions. Elle n'était pas maniaque d'ordinaire, mais elle n'avait pas l'intention de devenir l'hôtesse inopinée de l'un ou l'autre des miasmes environnants.

Alors que les portes de la rame s'ouvraient, Émilie fut surprise par la précipitation avec laquelle les gens se jetèrent à l'intérieur. Une véritable foire d'empoigne. Elle s'élança à son tour, bien décidée à ne pas se laisser planter là comme une idiote. Toutes les places assises étaient déjà occupées. Elle se glissa dans un coin, le dos contre une vitre. Elle faisait face à la foule, tenant son sac à main devant elle. Il n'était pas né celui qui lui mettrait une main aux fesses ou quoi que ce soit d'autre. La rame repartit brusquement, bondée. Émilie s'agrippa d'une main au dossier métallique d'un fauteuil. Moins de quarante minutes plus tard, elle atteignit sa destination, la station « Porte de Versailles ». Elle émergea du métro en poussant un soupir de soulagement. Elle allait passer plusieurs heures au Salon, à déambuler au milieu des stands qu'elle imaginait rivalisant d'idées novatrices, amusantes, voire provocantes. Elle allait rencontrer des copines croisées sur le Web et avec lesquelles elle avait partagé plusieurs bonnes idées, des conseils, des suggestions et surtout de très nombreuses plaisanteries licencieuses... bref, elle allait pénétrer dans son pays des merveilles. Bien sûr elle en profiterait pour monter un reportage photo, plus personnel que professionnel, et laisser ainsi sa passion s'exprimer.

Une fois franchie l'une des trois entrées noires de monde, Émilie fut saisie par l'immensité du Parc des expositions. Il s'étalait à perte de vue. Un snack se trouvait à gauche de l'entrée et proposait boissons et sandwichs variés, et partout des stands, parfaitement alignés le long des murs et à l'intérieur du vaste hall, dessinaient sept allées qui seraient rapidement bondées. Émilie prit quelques clichés d'ensemble et se mit à flâner d'exposant en exposant, les yeux émerveillés et les sens en éveil, ravie par l'accueil chaleureux que chacun réservait aux visiteurs. Dans un hangar attenant au bâtiment principal allaient se dérouler, tout au long de la journée, plusieurs conférences sur l'évolution des droits de la femme en France et dans le monde : quels étaient-ils ? de quelle manière se concrétisaient-ils réellement au quotidien aujourd'hui ?... Autant de sujets de débats qui allaient animer, voire enflammer, l'assistance. Émilie prévoyait déjà d'écouter quelques-unes des intervenantes, par intérêt personnel mais aussi pour étoffer son reportage. L'ambiance générale était légère et gaie ; au fil des heures celle-ci devint fébrile, bruyante, pressée, chahutée par le monde, avant de retomber petit à petit, vaincue par la fatigue.

Il était 17 h 30 quand Émilie quitta le Parc des expositions, quelques babioles en plus dans quelques sacs, et surtout des dizaines de photos en poche. Cette escapade lui avait permis de se changer les idées et lui avait fait un bien fou. Elle se sentait beaucoup plus légère à présent qu'en débarquant en ville un peu plus tôt.
Émilie n'était pas seule à quitter l'endroit... Vaillamment, elle inspira un grand bol d'air – ou plutôt un grand bol de soupe, rapport à l'odeur – et elle plongea en apnée dans la houle du métro. Là, dans la rame, ce fut pire qu'au matin. Les gens s'entassèrent comme des sardines, certains entrèrent

même à la dernière seconde en poussant les autres sans vergogne. Quelques passagers grognèrent, mais visiblement il s'agissait-là de comportements habituels. Après tout... Un peu plus tard, arrivée à la station « Concorde », Emilie dut changer de ligne. Elle se hâta à la suite de ses congénères à travers les souterrains pour rallier le quai de la ligne 1, qui la reconduirait non loin de chez Caroline. Au passage de l'un des escaliers elle bouscula peut-être, sans trop y prendre garde, deux ou trois personnes. Dans la nouvelle rame, Émilie parvint *in extremis* à remporter une place assise. Elle considéra ses voisins du regard. Tous, hommes et femmes, tiraient des faces d'enterrement. Les ados et certains adultes se réfugiaient derrière leurs téléphones portables, écouteurs vissés dans les oreilles. Les personnes âgées regardaient dans le vide ou se plongeaient dans la contemplation de leurs mains. Tous les autres, vêtus de noir des pieds à la tête, mines fermées, regards fuyants, semblaient pressés d'atteindre leur destination dans la plus complète froideur. De son côté, Émilie était ravie de sa journée. Elle espérait, sans se faire d'illusions, ne pas avoir à prendre le métro trop souvent. Quel sentiment d'oppression ! Quel stress de devoir toujours courir comme eux ! Et que de noir ! Elle aurait voulu faire exploser les couleurs à travers le wagon pour leur redonner à tous ces bleus, verts, rouges, oranges, jaunes, ou encore violets qui égayent la nature, la vie, le quotidien.

L'idée la fit sourire. Elle se souriait plus à elle-même qu'elle ne souriait à quelqu'un en particulier. Son regard croisa ceux de quelques personnes qui se déridèrent à leur tour. Tiens, des êtres humains se trouvaient donc parmi ces faciès ? Émilie décida malgré tout d'imiter les attitudes des autochtones ; elle dégaina les écouteurs de son Smartphone et se perdit dans sa *playlist* préférée. Pour finir de se donner une contenance, elle tira de son sac un livre que lui avait offert une collègue le jour où elle avait quitté son travail.

Après un court moment de lecture, Émilie sentit un regard posé sur elle. Elle leva les yeux et croisa ceux de son voisin d'en face, un homme à l'allure très parisienne – costume-cravate identique à celui des autres clones de la rame, coiffure à la mode, attitude légèrement hautaine – et dont le visage trahissait les origines maghrébines. Il ne faisait pas partie de ceux qu'elle avait l'habitude de trouver beaux garçons, cependant il dégageait un charme indéniable.

— Vous voulez quelque chose ? lui demanda-t-elle.
— Heu, pardon, quoi ? bredouilla-t-il décontenancé.
— Je vous demande si vous voulez quelque chose. Vous me regardez fixement depuis deux minutes.
— Non, non, j'admirais vos yeux. Enfin, non, c'est pas ce que je voulais dire... Enfin, si, enfin, bref. Désolé, je ne voulais pas vous importuner. La journée a été difficile et je me suis laissé aller à vous regarder. Cela me faisait du bien. Désolé, je vois pas pourquoi je vous dis ça...
— C'est pas grave. Vous avez le mérite d'être franc. Un peu tendu, aussi, non ?
— Ben, c'est à cause de vous... Enfin, non, grâce à vous. Putain, c'est con ce que je vous dis. Dites-moi que vous descendez bientôt pour mettre fin à mon embarras.
— Eh ! bien, non, je descends dans... une, deux... quatre stations, lui répondit-elle en jetant un coup d'œil au plan affiché en hauteur contre une paroi de la rame. Donc il va falloir prendre sur vous.

Elle esquissa un sourire malicieux.

— Ohhh ! c'est mignon, votre petit truc là, sur la joue...
— Quoi, qu'est-ce que j'ai ?
— Ben, votre fossette, comme un petit trait d'encre de Chine qui apparaît quand vous souriez.
— Ah ! oui ?

C'était bien la première fois qu'un homme évoquait sa fossette comme « un petit truc mignon ». C'était d'un naturel inattendu et touchant.

Les quatre stations défilèrent tandis qu'ils plaisantaient. Il était particulièrement agréable de discuter avec lui. Cela tranchait avec l'atmosphère glaciale qui l'avait accueillie dans la rame. Le moment de le quitter arriva trop vite. Finalement, ne pouvant guère repousser l'échéance de leur séparation, Émilie se leva à contrecœur et lança :

— Eh ! bien, au revoir, à une prochaine fois, peut-être...

Elle espéra qu'il ne la laisserait pas disparaître ainsi, sans espoir de se revoir. Elle se demanda si elle devait dire ou faire quelque chose pour l'encourager, mais il fut plus rapide.

— La prochaine fois, ça pourrait être maintenant pour boire un verre ? lâcha-t-il avec une légère hésitation alors que ses yeux pétillaient.

Le visage d'Émilie s'éclaira de contentement à cette proposition. Elle fut ravie de pouvoir ainsi prolonger leur rencontre imprévue.

— D'accord ! Je vous suis !

# 9

Galamment le jeune homme attrapa l'un des sacs d'Émilie et conduisit la jeune femme hors du labyrinthe souterrain. Quand ils furent parvenus à l'air libre, elle le vit marquer un temps d'arrêt, comme s'il ne savait pas quelle direction choisir.

— Alors, où allons-nous ? le questionna-t-elle curieuse de visiter *Paris by night*, même si ce n'était encore que l'*evening*.

— Où est le plaisir de la surprise si je vous le dis ?

Elle saisit le bras qu'il lui tendait et se laissa entraîner de bonne grâce. Son aménité commençait à la séduire. Discutant avec gaieté, ils en vinrent à se tutoyer. Ils arrivèrent rapidement devant Beaubourg. Il lui expliqua avec emphase qu'il s'agissait du Centre national d'art et de culture Georges-Pompidou, gros bâtiment tubulaire en acier, verre et béton, joyau du bâtiment polyculturel à la française des années 70. Rival en collections d'art moderne du MOMA de New York et de la Tate Gallery de Londres, ce musée pouvait s'enorgueillir d'accueillir, de mémoire, plus de cent mille œuvres réalisées par près de six mille quatre cents artistes, ce qui en faisait la première place artistique d'Europe. Parvenu au bout de ses connaissances sur l'endroit, Malik lui suggéra d'aller lire Wikipédia pour en savoir plus. Décidément, il était charmant et amusant à lui offrir en sus ses services de guide touristique. Elle répondit, un brin moqueuse :

— Sympa, mais sache que les raffineries de pétrole et moi ça fait deux ! Et puis je trouve que c'est un bâtiment qui fait semblant, c'est une parodie de la technologie.

À cette phrase empruntée à Renzo Piano, l'un des trois architectes retenus pour construire Beaubourg, elle sentit son compagnon se raidir un peu. Il connaissait évidemment la citation et en avait saisi le sous-entendu. Le visage du jeune homme se piqua d'un léger rouge malgré son teint mat et

Émilie devina l'avoir pincé. Elle se demandait si elle n'était pas allée trop loin, lorsqu'il répliqua :

— Ben puisque tu en sais autant que moi, je vais t'emmener chez Georges...

— On va chez un ami à toi ? Pour un premier rendez-vous, c'est un peu rapide, non ? le coupa-t-elle de façon légère, jouant la pièce qui naissait entre eux, et endossant le costume de la touriste.

— Mais non ! C'est pas un pote. C'est le nom du bar sur le toit de la raffinerie.

— Aaaah ! C'est chouette ça. Au fait, moi c'est Émilie, et toi ?

— Bonde, Malik Bonde. Je te jure que c'est vrai.

Émilie ne put s'empêcher de pouffer à ces mots. Ce nom d'agent secret venait de rompre la légère tension qui avait failli s'installer entre eux. Elle se détendit.

— Je te crois. C'est très... original.

Ils émergèrent sur la place face au centre Pompidou. Émilie trouva ce dernier d'une laideur absolue. Rectangulaire, massif, il était tout ce qu'elle détestait dans la façon qu'avait l'homme de s'imposer à la nature. Aucune finesse architecturale, selon elle ; rien qui lui évoquât autre chose qu'une prison de verre. Mais c'était de l'art. Combien d'horreurs avait-elle vu fleurir de-ci, de-là sur des ronds-points, des places, des esplanades, des quais, des parcs, tout ça au nom de l'*art* ? Émilie songea qu'elle n'était, peut-être, tout simplement pas sensible à l'expression de certains « talents ».

Malik la conduisit vers l'escalier mécanique extérieur qui leur permit de dépasser les différents niveaux de l'édifice jusqu'à la terrasse. Lors de la montée, il parla de tout et de rien, juste pour meubler. Elle l'écoutait d'une oreille distraite en s'abîmant dans la contemplation de la capitale qu'elle découvrait sous un nouvel angle, teintée de ces roses et orangés qui paraient le ciel peu à peu. Elle voulait garder en mémoire cette image de carte postale, sublime et imprévue. Le charme se rompit lorsqu'ils arrivèrent devant un sas de verre.

Un videur à la carrure impressionnante leur ouvrit, sans un mot et avec une ombre de sourire de bienvenue au coin des lèvres.

Une jeune fille, qui ne devait pas être âgée de plus de vingt ans, les accueillit de façon sobre et efficace, avec un sourire convenu :

— Deux personnes ? Pour boire un verre ou pour dîner ? À l'intérieur ou à l'extérieur ?

Son accent de l'Est plut beaucoup à Émilie qui se sentit totalement dépaysée. Elle passa près de Malik qui lui tenait la porte. Elle l'entendit répondre :

— Boire, dans un premier temps, et plus si affinités... Nous resterons à l'intérieur, il commence à faire frais, mais si vous aviez une table proche de la terrasse et exposée face à la tour Eiffel, ce serait parfait.

Émilie resta interdite quelques instants après les mots « et plus si affinités », dont la connotation suggestive était évidente. Elle ne releva pas, flattée d'être l'objet de convoitise d'un inconnu, à peine arrivée dans la capitale. Elle le vit jeter un rapide coup d'œil à sa montre. Un rendez-vous après elle ? Un coup de fil à passer ? Elle préféra ne pas y accorder d'importance. Elle n'avait pas envie de laisser gâcher sa soirée par des broutilles parasites. De plus, il était normal que Malik ait d'autres sollicitations ; il avait certainement pas mal d'amis et elle, nouvelle venue dans sa vie, ne pouvait pas exiger de lui une exclusivité absolue au cours d'une soirée probablement sans lendemain. Que c'était pénible de ressentir toujours cette pointe de jalousie, ce besoin d'être l'unique centre d'attention d'une personne que l'on trouve intéressante, que l'on veut découvrir davantage, et chez qui l'on espère percevoir, en écho à ses propres espoirs, la possibilité d'une relation plus profonde que la simple « connaissance » ! Mais Émilie connaissait la cause de ces sentiments. Elle avait tellement besoin de reprendre pied, de retrouver ses repères, de recréer autour d'elle des liens d'importance pour réparer tout le mal qu'elle avait enduré ! Elle ne pouvait que lutter contre cela en optant pour une attitude en apparence calme et détachée.

Pénétrant dans la salle immense aux murs transparents, elle fut subjuguée par la beauté du lieu. Elle sut tout de suite que sa tenue vestimentaire n'était pas tout à fait adaptée et se félicita d'avoir pris le temps de se maquiller rapidement en arrivant chez son amie après son voyage en train. Son pantalon en jean était heureusement « racheté » par un blazer beige de belle coupe qu'elle portait par-dessus son pull anthracite.

La serveuse les conduisit à l'écart, à une table noire laquée placée près d'une vitre, en équilibre au-dessus de Paris. La vue était superbe. Le soleil couchant diffusait ses rayons cuivrés sur la ville enveloppée de l'ombre naissante de la nuit, baignant l'atmosphère d'une ambiance particulière, hors du temps. Cette sensation s'était insinuée en Émilie lorsqu'elle montait vers le restaurant, lui-même éclairé par ces couleurs chaudes.

Elle déposa ses sacs sur la chaise à côté d'elle et s'installa en face de Malik dans un fauteuil jaune moutarde, assez confortable malgré sa forme carrée. Malik lui parut en osmose avec ce décor, dans cette lueur, dans ce feu. Un instant, elle songea à l'Algérie, au désert, à ces paysages qu'elle n'avait jamais vus qu'en photo ou imaginés suivant les descriptions de nombre de romans. Elle les savait magnifiques et grandioses, elle les savait envoûtants, mais elle les supposait aussi – grandement aidée en cela par les informations orientées des médias – terriblement hostiles et meurtriers par les temps qui couraient, grouillants d'illuminés infréquentables et nuisibles. Ainsi avait-elle fait depuis longtemps une croix sur toute velléité de voyage outre-Méditerranée.

La serveuse leur tendit les menus d'un geste mécanique et leur demanda sans préambule ce qu'ils désiraient boire. Émilie la trouva un peu abrupte. Malik répondit :

— Nous n'avons pas encore regardé les propositions, mais nous n'hésiterons pas à vous faire signe dès que nos choix seront faits.

Qu'Émilie se retrouvât avec un certain Malik, à la table d'un beau restaurant parisien, et ce à peine le pied posé dans la capitale, était tout à fait contraire à ses principes. Tout dans la situation était incongru, d'ailleurs. Elle aurait dû rentrer chez Caroline et se reposer après cette journée mouvementée, après ces derniers mois mouvementés ! Elle avait besoin de faire le point, mais surtout de dormir... Au lieu de cela, elle s'était laissé aborder par un *Malik*. Quelle drôle d'idée ! S'il s'aventurait à lui parler de religion, elle bondirait de son fauteuil et disparaîtrait sans états d'âme. Jusqu'à présent, elle n'avait fréquenté qu'une seule fois un homme d'origine étrangère, un Kabyle. Elle en gardait un bon souvenir, il avait été adorable. Embourbé dans son divorce, donc pas vraiment libre, mais gentil. À aucun moment il n'avait été question que leur liaison dépasse le lever du soleil. Émilie bloquait complètement sur *ces hommes-là*. Tous ceux qui véhiculaient une religion tellement abjecte envers les femmes... ou plutôt une religion qui servait de prétexte aux interprétations les plus ignobles et permettait à beaucoup d'hommes de se montrer abominables envers les femmes. Émilie frissonna. Elle éprouvait une aversion physique pour cette confession. Elle savait bien qu'aucune religion n'est plus vertueuse qu'une autre, mais celle-ci en particulier vomissait trop de haine ces derniers temps. Aussi, tous les hommes qui pouvaient avoir, de près ou de loin, un rapport avec elle provoquaient chez Émilie une certaine retenue, voire une franche antipathie. De plus, elle avait eu assez de problèmes jusque-là. Ce n'était pas pour s'en recoller une couche avec quelqu'un qui adorait un être imaginaire. Mais elle faisait des efforts. Elle avait laissé l'un d'eux l'approcher, pour la deuxième fois.

Malik la tira de ses réflexions.

— Tu as froid ?

— Pardon ?
— Je te demande si tu as froid ; tu viens de frissonner.
— Ah ! non, bien au contraire, je suis très bien ici.

Ce qui était vrai. Elle se rendit compte qu'elle se sentait à l'aise en compagnie de cet homme, à l'aise dans ce restaurant. Elle pensa alors à Caroline. Elle devait la prévenir qu'elle ne rentrerait pas tout de suite. Elle s'excusa auprès de Malik, saisit son téléphone dans son sac et tapa rapidement quelques mots. Une fois le SMS envoyé, elle se redressa, s'adossa contre le fauteuil et laissa son regard vagabonder alentour en soupirant.

— C'est vraiment un bel endroit. Quelle vue ! s'exclama-t-elle.
— Effectivement, c'est magnifique. Content de mon coup de chance...
— Tu n'étais encore jamais venu ?
— Non, c'est la première fois. J'en ai entendu parler ce midi à la cantine du boulot. J'ai un collègue qui a décidé de se faire tous les « rooftops » de Paris. Et il a parlé d'ici.

Il l'invita à se lever pour découvrir le paysage. Il lui détailla, avec un plaisir non feint, les différents monuments qu'ils pouvaient apercevoir. Il marqua une courte pause. Émilie en profita pour poser la question qui la taraudait :

— « Rooftops »... Je veux pas passer pour une ignorante, mais c'est quoi ?
— Pardon, Émilie, d'autant que j'ai appris le mot également à midi, par un collègue. Ce sont des bars ou des restaurants qui se sont ouverts sur divers monuments ou immeubles. C'est très tendance d'y boire un verre après le travail ou lors d'un rendez-vous d'affaires dans un cadre décontracté et un peu étonnant. Bref, tu es dans l'une des *places to be* de Paris. Bon, je dois t'avouer qu'avant ce midi je ne savais pas que cela existait.
— Eh bien ! notre rencontre tombe à pic pour tester ça ! constata-t-elle en se rasseyant.

— En effet, répondit-il en esquissant une timide ébauche de sourire. Et c'est idéal pour découvrir Paris autrement, n'est-ce pas ?

— J'avoue. Je ne me serais pas intéressée à ce lieu autrement. Un vrai dépaysement par rapport à l'endroit d'où je viens.

— C'est la première fois que tu viens à Paris ?

— Non, répondit-elle pensive. Mais je viens d'un village de l'Ain, Treffort-Cuisiat, où il n'y a rien de tout cela. C'est plus tranquille, plus reposant. En fait, ce n'est pas comparable.

— Euh, OK, mais Treffort-Cuisiat, c'est à côté de quelle ville connue ? Parce que, niveau géo, s'il n'y a pas un club de foot... Attends, si je ne dis pas de connerie, c'est au-dessus de Lyon, non ?

À ce moment-là, la serveuse revint pour prendre les commandes. Malik et Émilie se regardèrent et furent pris d'un fou rire. Ils avaient oublié de regarder la carte.

— Un Martini pour moi, commanda Émilie.

— Un mojito banana pour moi, enchaîna Malik.

Il se tourna vers Émilie et précisa :

— Je ne connais pas, c'est pour goûter. Et puis ce soir, c'est le soir des nouveaux trucs...

L'interruption de leur échange par la serveuse fut l'occasion pour Émilie de remarquer la musique qui les enveloppait. Il lui semblait reconnaître la mélodie du *Café del Mar*, tout à fait exotique ici. Cela donnait au restaurant une ambiance encore plus chaleureuse et intimiste. Son regard se posa sur Malik. Il y avait quelque chose en lui de faussement décontracté. Il devait sans doute ressentir la même gêne diffuse qu'elle en ce lieu nimbé d'irréalité. Il était loin, le métro avec ses discussions bondissantes au milieu de la foule. Elle était loin, la vie malsaine qu'elle avait menée à Bourg-en-Bresse... Une autre partie débutait ici. Émilie sentit confusément qu'elle ne devait pas passer à côté de cette soirée. Elle décida de se détendre et d'abaisser les défenses qu'elle levait systématiquement face aux inconnus, face à ses connaissances, face à la plupart des gens finalement.

Elle reprit la conversation comme si aucune pause n'était survenue :

— Treffort-Cuisiat est au nord-est de Lyon, en effet, tu n'es pas si nul que ça en géo, commenta-t-elle avec un clin d'œil. La ville la plus proche est Bourg-en-Bresse. J'y ai pris le train ce matin et j'ai débarqué ici en deux heures.

— Tu dois être morte de fatigue ! Et moi qui te propose de boire un verre, alors que tu t'es fait un Salon plein de monde et que tu as supporté la cohue du métro ! Le choc doit être violent !

— Eh bien... en fait pas tant que ça. Ça m'a fait du bien, justement, de voir tous ces gens. Je suis un peu fatiguée, certes, mais pas par rapport à cette journée précisément. Donc ça va, merci, expliqua-t-elle brièvement, sans entrer dans les détails.

— Tu penses rester longtemps à Paris ?

— Je ne sais pas exactement combien de temps je vais rester. Chez mon amie, ça ne peut être que provisoire... D'ailleurs, à part une tante en Vendée, je n'ai pas de point de chute...

Elle lâcha les derniers mots d'un air pensif. Elle réalisa qu'aucune issue satisfaisante ne s'offrait à elle à plus ou moins court terme. C'était aussi pour cela qu'elle avait besoin de repos. Pour réfléchir, trouver une solution à son avenir.

— Je vois. T'es un peu en transition perso ?

Il avait baissé la voix en posant sa question. Sans doute pour m'inciter à lui livrer des confidences, songea Émilie.

La serveuse revint avec les boissons. Elle se tourna d'abord vers Malik, qu'elle servit avec un sourire, puis elle déposa le verre d'Émilie derrière un visage inexpressif.

— C'est vraiment une conne, cette fille, fit remarquer Malik alors qu'elle s'éloignait vers d'autres clients.

— Oui, confirma Émilie, qui la trouvait à présent franchement antipathique.

Elle balaya l'air d'un geste pour en chasser l'impolitesse de la mignonne, remarqua à peine un second regard de Malik à sa montre, et poursuivit :

— Transition personnelle... Ouais, on va dire ça. Je me suis fait virer par le journal qui m'employait, mal en plus, et j'ai décidé d'en profiter pour mettre un terme à une histoire compliquée qui n'en était pas vraiment une. Je suis soulagée, d'un côté, d'être libérée de tout ça, mais bon... je suis un peu à la rue du coup, avoua-t-elle gênée.

Elle ne voulait pas donner l'impression à Malik de mendier quoi que ce soit, et certainement pas un hébergement. Il répondit :

— À la rue, pas complètement, même si c'est provisoire. Pour ton mec, comme disait ma mère, c'est « mektoub ». Ça va te paraître étonnant ce que je vais dire, mais les choses qui arrivent vraiment, c'est parce qu'elles le doivent. Le « mektoub », le *destin*, pour ma mère c'est ça. Les mauvaises comme les bonnes choses, si elles doivent arriver, t'auras beau faire, elles arriveront. Donc, pour ton mec, tout allait bien, vous êtes restés là-dessus et progressivement ce fut la merde... Parce que vous étiez restés ensemble plus qu'il ne fallait... Je sais pas si c'est clair... ?

— Si, c'est très clair. Je suis bien d'accord avec ta mère à propos des choses qui doivent arriver. Cette histoire n'avait que trop duré. Mais bref, je n'ai pas envie de parler de lui et de ce bazar maintenant. Pas avec toi. Ce n'est ni l'endroit ni le moment.

Après un court instant, elle enchaîna :

— Et toi, t'habites ici depuis longtemps ? Tu as une copine ?

Malik prit le temps de réfléchir avant de répondre. Émilie s'avisa qu'elle avait peut-être été trop indiscrète en l'interrogeant sur sa vie sentimentale...

— Mes parents sont arrivés sur Paris quand j'avais deux ou trois ans... pour ma rentrée en maternelle. Ils venaient de Marseille, ce qui est courageux.

Il fallait en effet avoir de bonnes raisons pour abandonner le soleil du Sud au profit de la grisaille parisienne. Émilie interrogea :

— Ils sont montés pour le boulot ?

— Oui, ma mère était prof. On lui a proposé de prendre le poste de directrice d'une école qui venait d'être mise en place dans le XX$^e$, vers le Père-Lachaise. Non, j'ai pas de copine. Papa venait de se faire lourder de son boulot de contremaître. Dix ans dans sa boîte. Au revoir monsieur Bonde.

La précision de Malik concernant sa vie sentimentale, qu'il avait placée de façon à ce qu'elle passe peut-être inaperçue, n'échappa cependant pas à Émilie. Pour quelle raison se montrait-il gêné sur ce point ? Un signe de pudeur ? Plongeant dans ses réflexions, Émilie approcha la main de son verre pour boire une gorgée. Malik esquissa le même mouvement et leurs doigts s'effleurèrent. Ils échangèrent un regard à la fois gêné et intense. Ce regard paradoxal typique de la naissance d'une relation. Malik se leva, lui prit la main et lui dit :

— Chope ton verre et viens avec moi. Tu ne peux pas quitter Paris sans que je te montre un truc.

Émilie acquiesça et le suivit sans mot dire, curieuse de voir ce « truc ». Les quatre mètres qui les conduisirent du bar chauffé à la terrasse panoramique semblèrent glisser comme sur un nuage. Émilie sentait Malik lui serrer la main doucement. Elle crut évoluer dans un rêve. Chaque minute était si agréable depuis qu'elle le connaissait ! Chaque instant déposait en elle un baume nécessaire. Ils se retrouvèrent face à Paris, surplombant la Ville Lumière comme s'ils allaient s'envoler. Voir le ballet des voitures et de ces vies inconnues, minuscules, qui il y a encore quelques heures ne semblaient pour elle que des hordes malpolies, fatiguées, taciturnes, agressives et vides, constituait une fascinante mise en abyme.

Émilie ferma les yeux et prit une grande inspiration d'air frais. Elle se sentait bien, véritablement bien, comme elle ne l'avait pas été depuis longtemps. La chaleur de la main de

Malik dans la sienne se diffusait jusqu'à son cœur et dans tout son être. Elle n'avait pas ressenti une telle plénitude depuis longtemps, tellement longtemps... Malik prit le verre qu'Émilie tenait dans son autre main, le posa sur une petite table, lui prit les deux mains, se rapprocha un peu et lui dit :

— Émilie, je sais que tu m'as vu regarder ma montre. Ce n'est pas parce que j'ai un autre rendez-vous, ce n'est pas que je pense à quelqu'un d'autre que je devrais appeler, ce n'est pas parce que je m'ennuie, ce n'est pas parce qu'il y aurait un match de foot dont je voudrais connaître le résultat... C'est juste que... On ne se connaît pas... C'est compliqué de demander de faire confiance...

Elle le considéra un instant, sidérée par ce monologue qui s'apparentait à une déclaration. Elle décida de jouer le jeu et de lâcher prise, pour une fois. Quelle étrange sensation que d'accepter de ne plus hésiter, de ne plus réfléchir, de s'en remettre à un parfait inconnu... Elle se sentit légère.

— Allons-y, je te fais confiance.

Malik se plaça derrière elle tout en l'entourant de ses bras. Il posa ses mains devant les yeux de la jeune femme, qui se laissa faire, curieuse de voir où cela l'entraînerait.

— Maintenant, compte avec moi : 10... 9... 8...

Émilie, plongée dans l'obscurité, sentit la chaleur de ce corps contre elle, la présence rassurante de ces bras autour d'elle, la force de ces mains sur son visage. Son cœur se mit à battre plus rapidement dans sa poitrine. Le moment était hors du temps. Elle retint sa respiration, des questions lui vinrent, imposées par le rationalisme incorrigible de son esprit, mais elle les chassa aussitôt. Ne pas réfléchir. Lâcher prise. Absolument. Elle enchaîna avec Malik :

— 7... 6... 5... 4... 3... 2... 1...

Émilie sentit les mains de Malik libérer ses yeux. Sous son regard émerveillé, la tour Eiffel se mit à scintiller de mille diamants dans la nuit. Le monument se dressait là, immense et majestueux, phare étincelant pour des milliers de touristes et d'amants, baignant de sa lumière bienfaisante toits et monuments.

Émilie resta interdite. Ce fut comme si elle découvrait le chef-d'œuvre de fer puddlé pour la première fois. Pourtant, elle l'avait déjà vu étinceler en plusieurs occasions lors de précédents passages dans la capitale : pour les cent ans de la tour, puis en l'an 2000, ou encore pour les fêtes quelques années plus tôt... Ce soir, c'était différent. Quelque chose la frappa en plein cœur. Une évidence. Elle était à sa place, ce soir-là, avec cet homme-là, à cet endroit-là. Il y avait comme une alchimie dans tout cela, une unité parfaite.

Émilie sentit Malik se rapprocher davantage, tendrement, sans bruit, et la serrer contre lui. Comme s'il avait peur qu'elle s'échappe... Elle en fut ébranlée. Tout n'était que silence et chaleur. Une bulle rien qu'à eux. Il se déplaça pour lui faire face, et l'étreignit encore plus. Elle plongea son regard dans celui de Malik et y lut une bienveillance infinie. Pas de masque. Aucun danger. Rien que la spontanéité d'une réelle attirance non simulée.

Émilie sentit la main droite du jeune homme remonter le long de son dos et parvenir à la base de sa nuque. Son corps s'embrasa... Leurs lèvres se rencontrèrent.

Tandis que la tour Eiffel éteignait ses lumières, Malik et Émilie, enlacés, étaient seuls au monde sur le parquet de la terrasse du Georges. Émilie aurait voulu que le temps se suspende un moment et que jamais ils n'aient à en rompre le charme.

# 8

Enivrée par ce baiser, Émilie passa le reste de la soirée en apesanteur, portée par une sensation de bien-être juste parfait. Elle dîna sans même prêter attention à ce qu'on lui servait. Malik et elle étaient absorbés l'un par l'autre, par les bribes de vie et les anecdotes amusantes qu'ils partageaient. Il était vingt-trois heures lorsqu'ils quittèrent le Georges. Malik proposa à Émilie de la raccompagner. Elle accepta sans hésitation, moins par souci de sécurité que par besoin d'étirer le plus possible le temps passé en sa compagnie. Ils marchaient l'un contre l'autre. Malik entourait de son bras les épaules d'Émilie. Dans le silence de la nuit, ils n'osaient que murmurer.

À la lueur d'un réverbère, Malik proposa à Émilie de se revoir très vite, le lendemain même, et de passer le week-end ensemble. Il évoqua une destination vers le nord-ouest, dont les paysages et le calme la raviraient sans aucun doute. Émilie accepta immédiatement. Elle avait grand besoin de ce genre de parenthèse ; elle avait grand besoin de repos, de légèreté et de plaisir. Ils arrivèrent trop rapidement au pied de l'immeuble où habitait Caroline. Émilie resta là de longues minutes, blottie contre Malik, espérant que le temps cesserait sa course et leur permettrait de ne pas être séparés. Ils s'embrassèrent longuement ; leurs corps échangeaient un langage d'une parfaite limpidité. Émilie ne pouvait pas proposer « un dernier verre » à son compagnon. Elle n'était pas chez elle et ne se sentait pas autorisée à inviter un jeune homme, aussi plaisant soit-il, dans l'appartement de son amie, même en l'absence de cette dernière. Leurs lèvres s'éloignèrent à regret. Avec une moue résignée, Émilie se tourna vers la porte de l'immeuble et y apposa le badge magnétique. La serrure se débloqua. Malik promit :

— Je t'appelle demain.
— OK.
Il s'élança vers elle et l'embrassa une dernière fois. Elle pénétra dans l'immeuble. Il lui adressa un signe de la main en s'éloignant. Elle le lui rendit avec un baiser avant de se détourner vers l'ascenseur.

Elle rentra chez Caroline fourbue mais heureuse. Tout son corps la faisait souffrir, perclus de fatigue, mais son cœur rayonnait de bonheur. Cela faisait bien longtemps qu'elle n'avait pas vécu une journée aussi intense en occupations, rebondissements et émotions. En quelques secondes elle parvint au sixième étage, introduisit la clef dans la serrure et pénétra dans l'appartement sombre et silencieux. Caroline devait être en plein boulot à cette heure de la nuit. Émilie alluma la lampe torche de son téléphone portable et se dirigea à cette lueur suffisante jusqu'à sa chambre. Elle jeta ses sacs à terre, se déshabilla rapidement, passa dans la salle de bains pour se démaquiller et se laver succinctement. Dix minutes plus tard, elle se glissait, en culotte et T-shirt large, dans les draps propres et frais. Elle s'endormit en un instant.

Caroline rentra peu après quatre heures du matin. Elle jeta un coup d'œil dans la pièce où dormait Émilie, s'assurant ainsi que son amie était bien rentrée. Elle se demandait ce qui avait bien pu la retenir... Elle aurait l'occasion de la passer à la questionnette à leur réveil. D'ici là, elle n'avait, elle aussi, qu'un désir : gagner son lit.

Pour la première fois depuis des mois, Émilie se réveilla naturellement, sans la brusquerie de la sonnerie de son téléphone qui lui provoquait toujours des palpitations. Elle goûta ce petit bonheur avec délectation, prit le temps de s'étirer et d'écouter les bruits de l'appartement silencieux. C'était le 1$^{er}$ mai, jour de repos national. Des millions de personnes profitaient comme elle d'un peu de détente bienvenue. Elle quitta sa chambre pour la cuisine et prépara le petit déjeuner pour deux. Caroline la rejoignit peu après.

— Déjà levée ? lui demanda Émilie.
— Oui, la cafetière m'a réveillée.
— Oh ! désolée...
— Pas de souci ! la rassura Caroline en l'embrassant sur la joue et en posant une main sur son bras en signe d'apaisement. J'étais en train d'émerger. Je ferai une sieste cet aprèm, au besoin.
— Bon, ça va alors.

Café, jus d'orange, pain et céréales à portée de main, elles s'installèrent face à face à la petite table de cuisine en bois. Le soleil déjà éclatant illuminait la pièce d'une lueur joyeuse. Caroline commença d'un ton badin :

— Dis donc, faut absolument que tu me racontes ce que tu as fait hier soir !
— Tu ne le croiras jamais... souffla Émilie en se pinçant les lèvres d'un air malicieux et gêné.
— Oh... ça m'a l'air très intéressant en tout cas ! s'exclama Caroline.

Émilie acquiesça et lui raconta sa rencontre avec Malik dans le métro, la soirée chez Georges, leur baiser... sans préciser les circonstances de celui-ci. Cela n'appartenait qu'à eux. Caroline siffla entre ses dents.

— Eh beh ! Une vraie tombeuse ma copine ! s'exclama-t-elle épatée.
— N'est-ce pas ? confirma Émilie en éclatant de rire.
— Vous avez prévu de vous revoir ?
— Normalement, oui. J'attends son appel.
— Ah... je vois. Tu vas m'abandonner pour le week-end, quoi... fit Caroline à moitié déçue.
— Oh... Caro... j'suis navrée... ça fait tellement longtemps que je ne me suis pas amusée comme ça ! Tellement longtemps que je n'ai pas ressenti ce genre de chose, cette énergie, cette liberté...

— Je sais, ma belle. Profite. Tu en as bien besoin. C'est même mieux pour toi de sortir, de rencontrer du monde et de te changer les idées que de rester ici à déprimer toute la journée en ressassant tes idées noires, la réconforta-t-elle.

— Il faudra bien que j'y réfléchisse, pourtant, à tout ce noir, soupira Émilie en tournant sa cuillère dans son café.

— Il y a un temps pour tout, et visiblement c'est le moment pour toi de décompresser. Te casse pas la tête, vis ce que tu as à vivre, t'inquiète pas pour moi. De toute façon je suis d'astreinte demain toute la journée, conclut Caroline avec fatalisme.

— Quelle bande d'enfoirés ! Ils ne t'ont pas donné ton week-end ?

— Elles... Non, mais je m'y attendais. J'aurai le week-end prochain, c'est pareil, tu sais, fit-elle résignée.

— Oh, ma Caro... Tu es tellement courageuse !

— Pas tant que toi !

Émilie se leva et vint enlacer son amie.

— Tu es une perle, tu le sais ? Une véritable amie. Je t'adore. Heureusement que je t'ai.

— Je sais ! plaisanta Caroline.

Émilie s'isola peu après dans la salle de bains et profita d'un moment de détente entre douche chaude, crème soyeuse et maquillage léger. Elle surveillait du coin de l'œil son Smartphone, posé sur une étagère au milieu des produits de beauté. L'objet restait obstinément silencieux. Elle se surprit à émettre des pensées pessimistes. Et si en se réveillant il n'avait plus envie de me revoir ? Et si je n'étais qu'une rencontre d'un soir ? Cette attente incertaine la ramena de nombreuses années en arrière, à l'adolescence, quand elle attendait un coup de fil de l'un ou l'autre de ses petits copains : un embrassé en boîte qui ne l'avait jamais recontactée, un autre qui ne rappelait jamais à l'heure promise et la plongeait dans une attente stressante et détestable, un autre encore qui avait joué l'amoureux transi pendant une semaine et l'avait laissée

sans nouvelles du jour au lendemain, avant de rompre
« officiellement » lors d'une rencontre fortuite au détour d'un
couloir du lycée... Elle n'avait plus seize ans ! Inutile de
s'impatienter. Malik non plus n'était plus un gosse, elle ne
l'avait pas poussé à l'inviter à boire un verre, à dîner, ou à
partir en week-end. Il rappellerait sans aucun doute. Cette
idée la tranquillisa et elle sortit de la salle de bains l'air
détendu, non sans garder son téléphone à portée de main.
— Fiouuu ! siffla Caroline. Que tu es belle ! Une vraie fleur
de mai !
Émilie avait passé un boléro blanc par-dessus un chemisier
de même couleur, cintré à la taille, suffisamment transparent
pour que l'on devine certaines ombres sans être vulgaire, ainsi
qu'une mini-jupe vert pâle qui lui descendait à mi-cuisse. La
journée s'annonçait d'une douceur agréable, aussi n'avait-elle
pas enfilé de collant. Sa chevelure châtain tombait en cascade
jusqu'au milieu de son dos.
— Si j'étais un mec, je te dis pas...
— Même sans être un mec, tu sais que... minauda Émilie
avec un regard brillant.
Caroline éclata de rire, cueillie de surprise.
— T'es terrible !
Émilie lui adressa un grand sourire, satisfaite de son petit
effet. Elle eut le plaisir de voir son amie se lever, venir vers elle
et déposer un baiser sur ses lèvres.
— Le jour où les femmes m'intéresseront, tu seras la
première informée, souffla Caroline à l'oreille de son amie.
— J'en suis touchée !
Caroline lui adressa un clin d'œil complice et disparut à son
tour dans la salle de bains. Amusée, le cœur léger, Émilie
gagna sa chambre et prépara sa valise pour les trois jours à
venir. Elle était en train de plier une chemise lorsque son
téléphone vibra. Elle décrocha en hâte, les mains moites, le
cœur battant.
— Bonjour Émilie, bien dormi ? Prête à passer des heures
merveilleuses avec un homme au charme incomparable ?

— Bonjour Malik ! répondit-elle enjouée. Oui pour tout !
— Parfait alors ! On se retrouve en bas. Je passe te prendre dans une dizaine de minutes, ça te va ?
— Très bien. À tout de suite !
— À tout de suite !

Ils échangèrent un baiser virtuel pour clore la conversation. Elle raccrocha et se dépêcha de remplir sa valise. Caroline sortit de la salle de bains et Émilie s'y rua pour attraper son nécessaire de toilette, tout en informant sa copine de l'appel de Malik.

Ponctuel, le jeune homme sonna à l'interphone à l'heure dite. Caroline et Émilie s'étreignirent chaleureusement, se souhaitèrent un bon week-end et s'embrassèrent une nouvelle fois. Peu après, Émilie sortit de l'ascenseur et aperçut, à travers la porte vitrée de l'entrée de l'immeuble, un superbe cabriolet noir contre lequel était appuyé Malik. Elle émergea de l'immeuble et se précipita vers lui. Il l'enlaça avec élan, comme s'il ne l'avait pas vue depuis des semaines. Malik saisit la valise et la plaça dans le coffre à côté de son propre sac rayé, façon marinière. En gentleman, il lui ouvrit la portière côté passager pour qu'elle prenne place. Émilie resta interdite deux secondes devant ce comportement inattendu et flatteur, se ressaisit et s'exécuta. L'instant d'après ils roulaient en direction du nord-ouest dans le puissant roadster Mazda MX-5. Ils étaient rayonnants et légers comme le vent. Une odeur de muguet flottait dans l'habitacle. Émilie trouva cela très à propos pour un 1$^{er}$ mai.

Le trajet dura quatre heures. Ils s'arrêtèrent sur une aire de repos pour un déjeuner rapide, ponctué de baisers enflammés et de caresses à peine retenues, sous les regards amusés, attendris ou gênés des automobilistes de passage. Le reste du trajet se déroula au rythme de la musique, des rires, du calme... Ils avaient tous les deux l'âme en fête, comme toujours lorsque l'on s'octroie des moments de détente, seul ou avec ceux qu'on aime, quelle que soit la durée de ces escapades.

Malik proposa à son amie de prendre le volant. Elle fut étonnée qu'il envisageât de lui laisser conduire son bijou. Un homme est toujours réticent à prêter ses jouets, d'autant plus s'ils sont précieux, d'autant plus à une femme. Forcément, elle accepta bien vite. Elle apprécia de ressentir sous son pied droit les réactions du moteur V6, vibrant, félin. Un vrai plaisir à piloter. Émilie se régala. Elle adorait s'amuser, particulièrement avec d'autres conducteurs de voitures puissantes : elle faisait la course, effectuait des dépassements un peu risqués, jouait de l'accélérateur, bref, elle s'éclatait.

Ils firent une courte halte à Bayeux, où Malik parla de cathédrale et de bandes dessinées. Émilie appréciait une fois encore les descriptions de son guide personnel, qu'elle n'écoutait que d'une oreille cependant. Un autre trait de sa personnalité l'intéressait plus encore. Elle dut réfréner une envie aussi soudaine que violente de l'entraîner dans une ruelle et de le plaquer contre un mur pour une fouille corporelle approfondie...

Ils arrivèrent enfin non loin de la Manche. Malik lui proposa de profiter des bienfaits des embruns avant de gagner leur chambre à l'Hôtel des Isles. Durant plus d'une trentaine de minutes, ils longèrent la côte autant qu'ils le purent, entre Saint-Germain-sur-Ay et Barneville-Carteret. Ils traversèrent la commune jusqu'au cap de Carteret. Là, Émilie coupa le moteur. Il fallait continuer à pied.

La jeune femme se félicita d'avoir opté pour des chaussures plates avant de partir. Ils descendirent sur la plage, main dans la main. Pieds nus, ils gagnèrent le bord de l'eau et longèrent les vagues. Ils s'amusèrent comme des adolescents, chahutant, riant, s'enlaçant, jusqu'à ce qu'ils atteignent un espace à l'abri des regards entre deux rochers. Ils s'assirent sur le sable sec, face à la mer. Un instant, le temps se suspendit à leurs regards plongés dans la mer qui ondulait. Émilie se tourna vers Malik, se pencha sur lui et l'embrassa fougueusement. Il lui rendit son baiser sans se faire prier. Elle s'approcha de son oreille et murmura dans un souffle :

— J'ai envie de toi...

Frénétiquement, ils se déshabillèrent. Malik déposa sa chemise et son blouson sur le sable en un drap de fortune. L'un près de l'autre, les amants laissèrent leurs mains explorer leurs corps. Leur désir transpirait de leurs souffles vibrants. La main d'Émilie entreprit de se débarrasser du jean de Malik, chercha l'objet de son appétit tendu vers elle. Malik goûtait à ces caresses avec délectation. Il retira habilement le boléro et le chemisier de sa compagne, saisit la poitrine gonflée de désir à pleines mains. Des ondes de plaisir irradièrent le corps d'Émilie. N'y tenant plus, incapable de résister au brasier qui l'enflammait depuis la veille, elle l'obligea à s'allonger en le repoussant d'un geste. Surpris, ravi, Malik se laissa faire. Elle lui grimpa dessus, se pencha sur lui, et, en même temps que sa langue se frayait un chemin dans la bouche du jeune homme qui la saisit par la taille, elle sentit le membre dressé pénétrer en elle avec un élan puissant et libérateur. Ils partagèrent un amour violent, vibrant, urgent. L'urgent besoin de se sentir unis l'un à l'autre, l'urgent besoin de partager une énergie trop longtemps retenue, l'urgent besoin de la libérer dans un cri de jouissance non contenu. Émilie sentit un raz de marée rouler à travers son corps puis exploser à la lisière de son âme. Les amants atteignirent l'extase presque en même temps. Ils s'étreignirent, comblés.

Il leur fallut quelques minutes pour redescendre de leur nuage. Émilie ouvrit les paupières. Malik posait sur elle un regard d'une profonde douceur, si profonde qu'elle en fut touchée. Elle était loin... tellement loin de son passé qu'elle ne voulait jamais plus quitter cette plage, ces bras, ce havre de paix au milieu des rochers. Les mains de Malik lui caressaient le dos avec tendresse. Elle ferma les yeux et s'abandonna à une douce torpeur.

Lorsqu'elle se mit à frissonner, ils décidèrent de gagner leur hôtel. Ils pénétrèrent dans un endroit magnifique, avec vue sur la mer depuis la terrasse du bar et les chambres. Le hall était spacieux, moderne, entretenu avec soin. Ils furent très bien accueillis par l'hôtelier, qui leur indiqua qu'une certaine Isabelle allait les conduire à leur chambre. Le restaurant serait ouvert à partir de dix-neuf heures. L'endroit qu'ils découvrirent était parfait. Les pastels rouges dont il était vêtu dégageaient une ambiance chaleureuse et paisible. Côté Ouest, ils avaient vue sur la mer depuis cette alcôve calme et nimbée de coton qui n'attendait qu'eux. Dès qu'ils furent seuls, leurs lèvres se rejoignirent aussitôt. Leurs mains, leurs corps avaient de nouveau besoin les uns des autres. Ils prirent le temps cette fois de se découvrir. Émilie ferma les yeux et se concentra sur les caresses et les baisers que Malik déposait délicatement sur chaque parcelle de son corps. Des années qu'un homme ne l'avait pas touchée de la sorte, désirée de la sorte, avec autant d'attention. Une larme perla au coin d'un œil. La seconde d'après elle fut emportée par le plaisir que Malik lui prodiguait avec sa langue.

Il était vingt heures quand ils descendirent dîner au restaurant de l'hôtel. Installés contre la baie vitrée, comme la veille à Paris, ils assistèrent au coucher du soleil sur la mer, aux éclats flamboyants qui dansaient sur l'eau en une valse étincelante avant le règne de la nuit. Le paysage était magnifique. Émilie n'était plus connectée à la réalité sordide à laquelle elle avait échappé en s'enfuyant de la Bresse. Elle se sentait de mieux en mieux au fil des heures passées en compagnie de Malik. Quelle rencontre inattendue et bienvenue ! Elle allait peut-être parvenir à panser ses plaies, finalement...
— Merci, lâcha-t-elle d'une voix émue en regardant Malik intensément.
— Pour ?

— D'être entré dans ma vie hier et pour tout ça, fit-elle en embrassant l'endroit du regard.

Il se leva et la gratifia d'un ardent baiser. Elle en fut de nouveau transportée. Un serveur leur apporta leurs repas et ils mangèrent rapidement. L'un comme l'autre n'avaient qu'une hâte : regagner leur chambre et goûter encore et encore à la chaleur de leurs deux corps réunis. Ils remontèrent à leur étage en pouffant comme des gosses sur le point de faire une bêtise. Une fois seuls au monde, ils se jetèrent l'un sur l'autre. Malik n'était pas très musclé mais il était très doué de ses doigts, de sa langue et du reste. Émilie mourait d'envie de se diluer de plaisir sous ses caresses. Leur nuit fut peuplée de fougueuses étreintes et d'intermèdes reposants. Pour la première fois depuis des mois, Émilie dormit profondément, d'un sommeil sans rêves. Aucun cauchemar ne vint secouer ni son âme ni son cœur et quand, au petit matin, puis à nouveau quelques heures plus tard, elle s'éveilla, ce fut chaque fois sous l'appel d'un être aimant ou parce qu'elle-même avait envie de sentir sa force en elle.

Ils se réveillèrent complètement peu avant midi, affamés. La douche eut le loisir d'assister à de nouveaux ébats. Ils n'étaient jamais rassasiés. Enfin ils gagnèrent le restaurant. L'hôtel affichait complet, pour le plus grand plaisir des hôteliers, et les clients semblaient s'être donné le mot : tous s'étaient réveillés tardivement, à l'image de ce jeune couple de Parisiens qui rayonnait de bonheur. Ils furent accueillis par les regards soutenus des convives, allant de la désapprobation à l'amusement. Émilie rougit ; elle se souvint avoir largement exprimé son plaisir à chacune de leurs étreintes... Une vieille dame solitaire semblait songer au temps où elle-même goûtait la volupté. Qu'ils en profitent avant que le temps ne les ronge...

Entre deux plats, Émilie et Malik décidèrent du programme de leur après-midi.

Un peu plus tard ils roulaient en direction du château de Bricquebec. Le château médiéval se dressa devant eux, majestueux, au sommet d'une petite colline. Malik se gara sur le parking bordé d'un espace vert soigneusement entretenu, au milieu du château en forme de U. Émilie apprit qu'il avait été bâti au X$^e$ siècle, qu'il était resté la propriété d'une même famille, les Bertran, pendant quatre cents ans, avant de passer de nom en nom au gré des mariages, et d'être finalement abandonné un peu avant le milieu du XVI$^e$ siècle, car jugé inconfortable. Malik entraîna sa compagne dans la partie du château qui n'était pas transformée en hostellerie. Émilie appréciait de telles visites depuis son enfance. Elle avait la sensation de voyager à travers le temps et d'entrer en contact, en ces lieux, avec la vie, les habitants et les souvenirs qu'avaient abrités ces pierres.

Elle posa la main sur les murs qui avaient résisté à l'épreuve du temps, sur les parties écroulées recouvertes de mousse... Elle fermait parfois les yeux, brièvement, de peur que Malik ne surprenne ses fugaces abandons d'elle-même et ne la prenne pour une originale. Comment lui expliquer qu'elle « sentait » quelque chose à travers les ruines ? C'était tellement imprécis, tellement fort en même temps. L'unité parfaite de la nature avec l'être humain qui s'ingéniait tant à la renier. Plus personne ne restait propriétaire de quoi que ce soit pendant des décennies, de nos jours, alors pendant quatre siècles... c'était presque inconcevable. La force de la vie, voilà ce qu'elle ressentait au milieu des ruines. La vie qui survit à tout, malgré tout, et qui perdure, quoi que les hommes s'évertuent à détruire. Émilie soupira. Elle n'allait pas se laisser envahir par un accablement malvenu. Malik s'assit à côté d'elle sur le muret éboulé. Il l'enveloppa de ses bras, elle se blottit contre lui. Sa chaleur et sa présence rassurante inondèrent la jeune femme en exil. Il n'y avait pas que de sombres connards, sur cette planète...

Ils dînèrent au restaurant du château. Émilie proposa d'en régler la note, puisque Malik avait pour l'instant payé la totalité de leurs dépenses.

De retour à l'Hôtel des Isles, ils refirent l'amour, mais ils dormirent aussi davantage que la nuit précédente. L'un contre l'autre, ils semblaient avoir atteint leurs rivages respectifs.

Au matin, Isabelle frappa et entra dans leur chambre sans attendre de réponse. Ils avaient oublié d'accrocher l'affichette « Ne pas déranger » à la poignée de la porte, et comme Malik avait commandé le petit déjeuner en chambre la veille au soir... La serveuse les aperçut nus, entremêlés dans les draps, endormis sur le sol. Émilie et Malik se réveillèrent brusquement et se dissimulèrent autant que possible sous les tissus. Isabelle se confondit en excuses, posa le plateau sur une table et s'éclipsa rapidement, alors qu'ils riaient et lançaient des « Y'a pas d'mal ! ». Ils prirent tout leur temps pour finir de se réveiller, entre caresses et baisers. Ils prolongèrent autant que possible cette dernière matinée face à la mer. Émilie luttait une nouvelle fois contre sa mélancolie sous-jacente, insistante. Profiter de chaque instant ensemble, jusqu'à la dernière minute, sans gâcher ces moments par une tristesse inutile, une tristesse qui aurait tout le loisir de l'accabler plus tard, quand elle serait seule... Elle avait l'impression désagréable que le temps passé avec Malik lui glissait inexorablement entre les doigts, insaisissable bonheur fugace.

Juste avant de fermer sa valise, Malik sortit un canif de sa trousse de toilette. Il proposa à Émilie de graver leur passage dans cette chambre. Cette idée plut à la jeune femme, qui sentit un élan d'amour jaillir de sa poitrine. Décidément, rien n'était commun chez Malik. Ils gravèrent ensemble « E+M 03/05/15 » sur le chambranle de la fenêtre, côté océan, de manière que l'inscription ne fût pas visible par la femme de ménage. Ils venaient d'inscrire hors de l'immatériel ce week-end magique.

Ils reprirent la route vers Paris en silence. À mi-parcours, le téléphone d'Émilie vibra sous la réception d'un SMS. Elle ouvrit son sac, sortit l'appareil, lut rapidement le mot et dit à son compagnon :

— C'est ma tante. Elle me demande comment je vais et me propose de m'héberger chez elle, à Challans, le temps que je retrouve du travail. Elle est vraiment adorable...

— En effet, confirma Malik d'un ton un peu grave.

Émilie perçut le côté chagrin de cette réponse marmonnée sans enthousiasme. Se pouvait-il qu'après si peu de jours passés en sa compagnie il tienne déjà tant à elle ? Elle garda sa réflexion pour elle, se pencha sur l'écran tactile du Smartphone et saisit la réponse : « Bonjour Sandra. Je vais un peu mieux. Je te remercie pour ta proposition. Pour l'instant, je suis chez Caroline, à Paris. Je vais peut-être chercher un poste ici... Je vais voir... Ton message me touche. Merci ! Bisous. » Elle laissa tomber le téléphone dans son sac, alluma le poste de radio de la MX-5, jeta un coup d'œil à son amant. Mais, concentré sur la circulation, il ne laissait rien paraître de ses émotions. Émilie reprit sa position confortable et se perdit dans la contemplation du paysage qui défilait sous leurs yeux. Dépression, quand tu menaces... Émilie ne parvint pas à retenir des larmes silencieuses. Une voix chaude et tendre s'éleva à sa gauche :

— J'ai passé avec toi des heures inoubliables. Inattendues. Au-delà de ce que je pensais ressentir. Mais, c'est soudain. J'ai comme un sentiment bizarre en moi. Là, nous rentrons sur Paris. J'ai ma vie bien installée. Et il y a toi. En transition. Sache que je comprends. Prends le temps qu'il faut. Fais le point. Débarrasse-toi de ton poids. Et si jamais tu ressens ce que je ressens, si jamais tu as toi aussi entendu ce que nos yeux, nos mains, nos bouches, nos sexes se sont dit, alors tu sais que je serai là. Pour toi.

Émilie aurait préféré qu'il ne la voie pas pleurer, mais elle fut ébranlée au-delà des mots par cette confidence qui venait du cœur. Elle essuya ses larmes d'une main, sourit à Malik, déposa un long baiser sur sa joue et se contenta d'un « merci » à peine audible.

Malik gara la voiture devant l'immeuble de Caroline. Les amants descendirent ensemble, sortirent la valise d'Émilie du coffre et s'enlacèrent une dernière fois. Ils s'embrassèrent et Émilie se détourna vers l'entrée de l'immeuble.

— Attends ! Attends ! Ne monte pas, s'écria Malik. J'ai oublié de te donner un truc...

Elle se retourna vers lui, le vit courir en direction de la voiture et en sortir des brins de muguet, fanés... Il les lui tendit un peu ennuyé. Il les avait délaissés dans la boîte à gants. Elle esquissa un sourire, touchée qu'il y ait pensé et amusée qu'il ait ensuite oublié.

— C'était donc cela, le parfum dans la voiture... Je ne comprenais pas d'où il venait.

Elle le remercia avec élan. Malik lui promit de l'appeler le lendemain, en ajoutant avec un certain humour qu'elle ne se débarrasserait pas de lui comme ça, même si elle partait pour Challans. Il n'insista pas pour monter avec elle ; il valait mieux laisser le merveilleux week-end se finir ici, là où il avait commencé, entre une porte et une voiture, entre un passé et un futur.

Un dernier baiser vint clore leur vibrant séjour. Émilie pénétra dans l'immeuble et attendit que la MX-5 démarre pour monter dans l'ascenseur, pour être sûre que la magie du temps passé ensemble avait réellement pris fin.

# 7

Émilie rêvassait à moitié réveillée dans son lit. Il devait bien être dix heures du matin. Elle se repassait mentalement le film de son week-end, parenthèse fabuleuse où rien d'autre n'avait compté que de profiter de chaque instant de plaisir. Caroline dormait encore profondément dans sa chambre lorsque le téléphone à côté d'Émilie se mit à vibrer. Elle s'en saisit, appuya sur le voyant vert sur l'écran et murmura :
— Allô ?
— Bonjour Émilie, c'est Sandra, ta tante, crut bon de préciser la correspondante.
— Bonjour Sandra, répondit la jeune femme en s'éveillant tout à fait.
— Je ne te dérange pas ? demanda Sandra en percevant le chuchotement de sa nièce.
— Non. Mais Caro dort encore et je ne veux pas la réveiller.
— Ah ! D'accord. Je serai brève alors. Tu sais que l'un de mes amis travaille pour *Le Courrier vendéen*...
— Oui... ?
— Eh bien, il vient de m'appeler : il t'a trouvé une place. Il t'attend mercredi matin pour un entretien avec le directeur du journal.
— Ah oui ?
— Oh, ce ne sera pas grand-chose, hein, juste un remplacement de quelques semaines. L'une de leurs journalistes vient de partir en congé de maternité et ils ne trouvent personne pour la remplacer. Une partie de leur hebdomadaire marche au ralenti depuis deux semaines, du coup. Mon ami a évoqué le problème au fil de la conversation, la semaine dernière, et je lui ai parlé de toi.
— Oh, c'est super, ça ! T'es extra, tata !

— Bah, ne me remercie pas encore. Attends de voir en quoi consiste le poste...

— Oui... ? fit de nouveau Émilie, sentant bien, au timbre de la voix de sa tante, que le meilleur était à venir.

— Tu vas diriger toute la rubrique mode. Tu auras sous ta responsabilité trois pigistes. La seule consigne est de respecter les articles prévus par celle que tu vas suppléer, de respecter l'esprit de sa rubrique, ses thèmes fétiches, son style quoi.

Émilie était ravie. Elle se retint de pousser des cris de joie et de sauter sur le lit. Elle laissa cependant échapper un gloussement de plaisir et remercia chaleureusement sa tante. Elle lui promit de quitter Paris dès le lendemain et lui dit qu'elle la préviendrait dès qu'elle aurait choisi son moyen de transport et mis au point son trajet. Elles raccrochèrent, heureuses à l'idée de se revoir très bientôt.

Malik s'imposa aussitôt à l'esprit d'Émilie. Elle allait devoir lui annoncer son départ. Même s'il l'avait pressenti et s'y attendait, elle doutait que cette nouvelle, tombant juste après leur week-end enflammé, soit accueillie avec allégresse. Elle soupira. Elle repoussa l'échéance du coup de fil à plus tard, une fois qu'elle aurait organisé son voyage, lavé et séché son linge sale du week-end, et préparé le repas pour son amie, encore endormie, et elle-même. Elle trouva et réserva rapidement, grâce à une application SNCF récemment installée sur son Smartphone, son billet pour un TGV le lendemain à 9 h 54 au départ de la gare Montparnasse. Elle s'affaira ensuite entre salle de bains et cuisine. Caroline fut tirée du sommeil par une agréable odeur de poulet à la tomate et au basilic. Émilie profita du déjeuner pour la prévenir de son départ prochain et lui dit aussitôt qu'elle se débrouillerait pour aller à la gare. Elle savait que Caroline allait encore avoir une nuit de garde difficile et elle ne voulait pas l'obliger à se réveiller très tôt le lendemain pour l'accompagner en voiture. Après un bon café, il devint impossible à Émilie de reculer davantage le moment d'informer Malik. Elle saisit son téléphone portable. Ses doigts glissèrent sur l'écran tactile, et elle attendit, le cœur battant.

— Aaaah, Émilie !

— Bonjour Malik. Je ne te dérange pas ? s'enquit-elle, prudente.

— Non, pas du tout. C'est bien que tu m'appelles.

— Je... Je ne sais pas comment t'annoncer ça..., commença-t-elle, hésitante. Tu l'avais deviné hier, mais je ne pensais pas que les événements s'enchaîneraient aussi vite. Ma tante m'a appelée ce matin. J'ai rendez-vous avec le directeur du *Courrier vendéen* mercredi matin. Je dois partir demain.

— Aaaah... si tôt ? Je suppose que tu ne peux pas faire autrement. C'est con.

— Oui, je ne peux pas me permettre de refuser cette offre, malheureusement, lâcha-t-elle dans un soupir.

— Comme je te l'ai dit : « Prends le temps qu'il faut. Fais le point. » La proposition est vraiment intéressante ?

— Je devrais diriger la rubrique mode. C'est la première fois qu'on veut me confier un tel poste, précisa-t-elle ravie. Fini les piges ! Enfin un vrai boulot !

— C'est génial pour toi. Ça fait plaisir. C'est sur quelle ligne de métro, la station « Challans » ? Ha ! faut prendre le train...

La réponse enjouée de Malik, qui s'efforçait sans doute ainsi de montrer qu'il était content pour elle, ne berna pas Émilie, qui comprit immédiatement, lorsqu'il mentionna le train, que cet éloignement soudain et hâtif le perturbait. Elle répondit :

— Merci Malik ! Mais, en effet, notre rencontre modifie quelques cartes de la donne...

— Oh ! tu sais, avec Google Maps et un bon GPS, je devrais m'en sortir, fit-il en essayant de mettre de l'humour dans sa voix.

— Ça va ? T'es sûr que tout va bien ? Ta voix est bizarre..., s'inquiéta-t-elle.

— Oui, ça va, des trucs à gérer un peu compliqués... Depuis ce matin, cela s'enchaîne[1], donc là, toi qui m'annonces que tu dois partir... Bon, note que je m'y attendais, mais là, tout de suite... Tu fais quoi ce soir ?

— Oh... Je suis vraiment désolée. Je comprends. Tu... tu as besoin de quelque chose ? Si je peux t'aider... Et ce soir je ne fais rien de particulier.

— Ben, pour mes trucs tu ne peux rien faire. Mais te voir ce soir, j'aimerais bien. Tu viens chez moi ? Je te raccompagnerai.

— Tu veux que je passe maintenant ? proposa-t-elle avec espoir.

— Euh... Maintenant... Non. J'ai encore des choses à régler. Vers dix-sept heures ?

— C'est cool. Faudra que tu me donnes ton adresse.

— J'habite au 11, rue Keller. Tu peux pas te tromper, c'est entre Manga Toys et Indian Rocks. Au fait, tu pars comment et vers quelle heure demain ?

— C'est noté. Je prends le train de 9 h 54 à Montparnasse...

— J'ai pris quelques jours pour mes trucs à régler. Mais je peux t'accompagner à la gare. Enfin, sauf si tu veux te réveiller avec ta copine. Mais je ne te cache pas que...

— Non, l'interrompit Émilie. Je préfère encore être avec toi. D'autant que Caro n'est pas bi, glissa-t-elle pour détendre son ami.

— C'est bête, ça ! enfin pas bi... elle aime les hommes ou les femmes ? Je plaisante. Elle fait ce qu'elle veut de son cul. C'est ta copine. Donc, je juge pas. Et ce qui me va encore plus, c'est qu'on puisse être ensemble ce soir, parce que... Enfin, bref, rien. On se voit tout à l'heure.

— J'ai déjà hâte de te revoir. Tu me raconteras ce qui t'arrive. Si tu veux, bien sûr...

---

[1] Pour en savoir plus, lire *Comptes à rebours : Malik,* selon Fred Daviken.

— Humm... je sens qu'on aura des trucs à se dire, va falloir approfondir certains sujets.... Euh, pour mes « trucs », je verrai, faut que je fasse le tri. C'est pas toi, c'est juste moi, des choses pas simples. On a tous des merdes qu'on veut pas forcément partager, non ?

— Certes, mais parfois on est toujours plus efficace à deux !

— J'aime bien ton opposition entre « parfois » et « toujours », fit remarquer Malik un sourire dans la voix. Et il ajouta : parfois j'aimerais que certaines choses durent toujours.

— Comme ce week-end...

— C'est sympa, l'image d'un week-end qui dure toujours. Genre le lundi matin deviendrait un samedi matin, avec la mémoire effacée, sauf du désir de l'autre... Bon, sur cette image agréable, si je veux pas t'accueillir dans mon bordel, je vais ranger un peu...

— T'embête pas avec le ménage. Je te laisse. À tout à l'heure ! lança-t-elle enjouée.

— Vivement dix-sept heures alors. Je t'embrasse. Tu me manques.

— Toi aussi tu me manques. Bises...

Émilie se précipita sur l'ordinateur de Caroline pour dénicher la fameuse rue Keller grâce au programme Google Earth. Elle fut agréablement surprise de la trouver non loin de là, à une distance tout à fait raisonnable à pied. Elle passa l'après-midi à plier son linge sec, refaire ses bagages, et discuter avec son amie de son nouveau changement de programme. Caroline était heureuse pour elle que sa situation s'arrange aussi vite. Lorsque le moment de se quitter une dernière fois arriva, elle lui souhaita les meilleures choses possibles. Elles s'enlacèrent, Émilie vola un baiser aux lèvres de Caroline. Elles se séparèrent avec un clin d'œil complice, fortement émues. Ses valises aux mains et ses sacs sur les épaules, Émilie parcourut pendant une vingtaine de minutes les rues parisiennes, au soleil d'une agréable fin de journée printanière. Son cœur s'allégeait et battait de plus en plus vite à chacun de ses pas. Elle trouva aussi facilement que prévu l'entrée du petit immeuble où habitait Malik, entre la devanture violette de la boutique aux lettres vertes Manga Toys et celle, noire, de la boutique de vêtements Indian Rocks. Elle poussa, les jambes tremblantes, la porte ornée d'une plaque Espace Keller...

Malik devait sûrement guetter l'arrivée d'Émilie car il ouvrit la porte de son appartement au moment où elle émergeait de l'ascenseur, au quatrième étage. Il saisit ses valises et l'invita à le suivre vers le salon. Elle remarqua au passage, sur le meuble de l'entrée, la seule photo de famille, comme elle s'en rendrait compte plus tard, qui trônait dans cet endroit : une femme d'une quarantaine d'années et un adolescent lui ressemblant beaucoup, tous les deux souriants. La décoration du loft de Malik était sobre et moderne, dans les tons noirs et blancs, sans fioritures. Tout était rangé dans un ordre impeccable ; trop, d'ailleurs. Émilie se demandait où était passé le « bordel » évoqué quelques heures plus tôt. Il avait été très efficace !

L'appartement comportait au premier niveau un salon, une salle à manger et la cuisine ; dans la mezzanine, une chambre et la salle de bains. Émilie suivit Malik à l'étage, où il déposa les bagages. Elle considéra le lit, recouvert d'une parure noir et blanc ornée d'arabesques sur un côté, et une grande photo tirée du film *Sueurs froides*, d'Hitchcock, elle aussi en noir et blanc. Émilie se sentait à l'aise en ce lieu, mais elle percevait une certaine noirceur qui ne pouvait provenir que de Malik. Elle se tourna vers lui. Il émanait de lui une tristesse profonde qu'elle n'avait qu'entraperçue lors de leur week-end d'évasion. Elle ne l'interrogerait pas. Leur relation était trop neuve pour y invoquer certains fantômes. Ils s'étaient *trouvés* dans un autre but. Elle le regarda sans équivoque. Elle s'approcha de lui, lascive, un sourire presque carnassier au bord des lèvres, et entreprit de le dévêtir. Il n'était plus besoin qu'elle lui dise ce dont elle avait envie, il le savait fort bien. Les deux heures suivantes s'écoulèrent en caresses, baisers et étreintes torrides.

Ils descendirent prendre un apéritif au salon sans prendre la peine de se rhabiller. Il faisait suffisamment bon dans l'appartement pour rester à l'aise. Non seulement Malik avait nettoyé le loft, mais il avait même passé un certain temps en cuisine, visiblement. Émilie observait chacun des gestes de son amant avec intérêt. Elle aurait voulu partager cette peine qui transpirait de tout son être et qu'il s'efforçait de contenir, l'aider à la supporter. Elle comprenait pourtant parfaitement son silence. Elle-même ne s'était encore livrée à personne après le cauchemar qu'elle avait récemment vécu...

Il lui servit de la tequila au citron vert et des verrines de guacamole accompagnées de tortillas. Elle avala la tequila d'un seul coup, pour nettoyer ses pensées de leur morosité, mais ce fut son corps qui fit les frais du breuvage. Elle toussota, autant pour faire passer la brûlure que pour se donner une contenance. Ils se calèrent alors devant le grand écran plat. Elle remarqua le poster représentant le détective John Blacksad dans une rue de New York. Elle n'aimait pas particulièrement les animaux anthropomorphes. Elle avait toujours ressenti un certain malaise en voyant des caractéristiques du comportement ou de la morphologie humains attribuées à des animaux. Elle s'efforça d'occulter ce tableau, cette partie du mur, et porta son attention sur son compagnon. L'un contre l'autre, ils profitaient simplement du temps passé ensemble. Nul besoin de parler pour combler un silence oppressant, aucun ne ressentait la moindre gêne en présence de l'autre.

Peu après, Malik proposa de dîner. Hôte parfait, il apporta des tagliatelles fraîches aux deux saumons, accompagnées d'un menetou-salon de 2012. Émilie supportait peu le vin blanc, aussi n'eut-elle besoin que d'une gorgée pour se sentir un peu planer. Déconnectée, elle ne se tracassait plus vraiment du silence de son compagnon. Malik servit enfin deux tartes au citron, gingembre et éclats de pistache, et proposa de mettre un DVD. Ils tombèrent d'accord pour *Moulin Rouge*. Ils vibrèrent devant ce film, et particulièrement devant la scène « El Tango de Roxane ». Émus, ils s'enlacèrent, s'embrassèrent, leurs yeux traduisaient ce qu'ils ressentaient l'un pour l'autre. Intense, vibrant, nécessaire. Elle le chevaucha, animée d'un désir urgent. Elle ondula si bien, aidée par la pression des mains de Malik sur ses hanches, que sa jouissance explosa rapidement, vite suivie par celle de son amant.

Après l'amour, Émilie, entourée des bras de Malik, sombra peu à peu dans le sommeil. Le générique de fin les réveilla tous les deux. Ils gagnèrent la mezzanine et se couchèrent, nus, l'un contre l'autre.

Émilie ouvrit les yeux vers six heures et soupira. Il serait bientôt l'heure de se quitter de nouveau... Cette succession d'instants volés et de séparations lui devenait difficilement supportable. Las, il était impossible de fuir le temps, de lui échapper. Elle alla se rafraîchir. De retour sous les draps, ses mains glissèrent sur le corps endormi de son compagnon, sur son dos, ses reins, ses fesses, ses jambes, et remontèrent sur ses fesses. Malik se retourna et l'attira à lui. Il saisit un téton entre ses lèvres, arrachant un soupir de plaisir à Émilie. Il la tenait d'une main par la taille, tandis que l'autre partait à l'aventure entre ses cuisses, vers son sexe humide de désir. Ils firent l'amour avec un élan presque désespéré, comme s'il s'agissait de la dernière fois. Ils goûtaient l'un à l'autre éperdument.

Inexorable, l'heure de partir arriva. Il leur fallut une petite demi-heure pour traverser le centre de Paris et rejoindre la gare Montparnasse. La mélancolie les avait envahis, le silence régnait dans l'habitacle. Malik accompagna son amie sur le quai.

— Tu sais, tu aurais pu me confier ta douleur... lâcha Émilie avec une pointe de regret.

— Je sais, oui. Mais je ne voulais pas gâcher notre soirée. Peut-être qu'un jour... concéda-t-il.
— Oui, un jour peut-être... Bientôt j'espère.
Ils s'enlacèrent et s'embrassèrent une dernière fois. Émilie monta dans le train, le cœur lourd, adressa un au-revoir de la main et envoya un baiser à l'homme... qu'elle aimait – il fallait bien le reconnaître à présent. Elle était tombée amoureuse de lui. Il lui rendit ses au-revoir et chacun se détourna. Émilie gagna sa place et se tourna vers la vitre pour le garder dans ses yeux aussi longtemps que le leur permettrait l'horizon. Le train s'éloigna du quai, Malik devint aussi insaisissable qu'un soupir. Émilie se remémora les craintes qu'elle avait nourries lors de leur premier rendez-vous. À aucun moment Malik n'avait ne serait-ce qu'effleuré le thème de la religion. Cela semblait même à présent totalement en décalage avec celui qu'il était, un sujet totalement insignifiant. La rencontre de leurs deux destins les transcendait bien davantage. Émilie espérait juste que leur union ne resterait pas confinée à un interlude parisien.

Il était 9 h 57 quand le TGV quitta Paris. Plus d'une heure et demie plus tard, le train s'arrêta en gare de Nantes. Émilie dut attendre un peu moins d'une demi-heure avant de prendre le TER qui la conduirait jusqu'à Challans. Elle profita de ce laps de temps pour s'acheter un sandwich et un fruit. Elle grignota sur un banc au soleil sur le quai. Les écouteurs sur les oreilles, elle revivait en musique son délicieux voyage à Barneville-Carteret.

Elle arriva à Challans à 13 h 30. Sa tante, prévenue par SMS, l'attendait sur le quai. Elles se firent la bise et se dirigèrent vers le parking. Émilie fut ravie de constater que Sandra avait enfin abandonné sa vieille R5 pour un exubérant SUV Toyota noir, de type RAV4.

Sandra habitait depuis plus de quinze ans dans un petit quartier à la limite Nord de la ville. Challans était une commune sans relief géologique. Les maisons, construites quasiment toutes sur le même modèle résidentiel – rez-de-chaussée, étage de quatre pièces et garage attenant, avec de petites barrières blanches délimitant les terrains et peu de haies de verdure – renforçaient cette impression de village livré à tous les vents. Le beau temps y élisait domicile presque toute l'année, les gens étaient souriants et Émilie savait qu'il y faisait bon vivre. Du moins sa tante s'y plaisait-elle énormément depuis son divorce.

Sandra gara sa Toyota dans l'allée devant le garage et entraîna sa nièce à l'intérieur de la maison. Émilie put constater à quel point le jardin de sa tante avait changé en quelques années. À l'état de friche quand elle était adolescente, l'endroit était désormais verdoyant, coloré et charmant. Sandra avait planté des massifs floraux autour de l'allée et devant la maison, des hortensias, des rhododendrons, ou encore des roses trémières contre la façade. L'intérieur était tout aussi accueillant et était meublé avec goût dans un style moderne et épuré qui plut beaucoup à Émilie. Quelques plantes vertes ajoutaient une touche de couleur bienvenue. Sandra monta au premier et ouvrit une chambre. Elle déposa l'une des valises d'Émilie sur le lit et lui dit :

— Tu es ici chez toi. Prends le temps de te mettre à l'aise. Tu pourras rester autant que tu voudras, ma chérie.

Émilie la remercia chaleureusement. Lorsqu'elle se retrouva seule, elle entreprit de défaire ses sacs et lança la playlist de son Smartphone. Elle se mit à fredonner, heureuse, l'air de l'une de ses chansons préférées de Katy Perry, *Firework*. Elle se sentait à l'abri chez sa tante bien-aimée. Elle en profita pour envoyer un SMS à celui qui ne quittait plus ses pensées : « Hello Malik ! Bien arrivée. Sandra adorable. Bien installée. C'est dingue... Tu me manques. App-moi si tu peux, si tu veux. Je t'embrasse. Je t'... »

Sandra attendit que sa nièce ait véritablement posé ses valises pour lui parler d'un sujet qui la préoccupait depuis qu'elle avait ouvert son courrier à midi. Elle prépara un apéritif avec des toasts pendant qu'Émilie finissait de se détendre sous la douche. Elle déposa le plateau avec les verres et différents alcools sur la table basse et plaça négligemment la lettre inquiétante à côté. Émilie la rejoignit peu après. Elle trouva sa tante la mine soucieuse. De fait, quand Sandra l'invita à s'asseoir, Émilie sentit tout de suite que quelque chose n'allait pas. Sans tourner autour du pot, Sandra saisit l'enveloppe et la tendit à sa nièce.

— J'ai reçu ça, tout à l'heure. Lis-la.

Émilie tira la lettre de l'enveloppe et la déplia. Elle reconnut immédiatement l'écriture de son ex-compagnon et son sang se glaça. Le ton était menaçant et sans équivoque. Une photo glissa de la lettre... Émilie la ramassa. Elle en eut le souffle coupé. La photo les montrait, elle et Malik, enlacés, dans une rue de Paris, la nuit, près d'une fontaine. Le cliché ne pouvait dater que de vendredi soir, après leur sortie chez Georges...

*Chère Sandra,*
*Ta nièce s'est sauvée comme une voleuse il y a quelques jours.*
*Elle a bien fait, elle nous a évité une séparation désagréable. Et comme tu le verras, elle s'est vite consolée.*
*Par contre elle a emporté avec elle certains de mes documents personnels dont j'ai grand besoin pour mon travail.*
*Tu te doutes qu'il est important que je les récupère d'une manière ou d'une autre. Je sais que vous êtes en contact, comme toujours ; tu sauras insister pour qu'elle me les rende au plus vite.*
*Dans le cas contraire, je me déplacerai personnellement, mais je ne te cache pas que ça ne serait pas pour rien.*
*Bisous chère Tatie.*
*Qui tu sais.*

Émilie avait pâli au fil de la lecture. La nausée devint insoutenable et elle se précipita aux toilettes. Lorsqu'elle revint, après s'être débarbouillée, elle vit sa tante penchée sur la photo.

— Il s'appelle Malik, expliqua Émilie avant que l'inévitable question survienne.

D'un trait elle raconta son arrivée à Paris, la rencontre dans le métro et le fabuleux week-end. Elle dit combien cet inconnu en trois jours l'avait aimée, apaisée et soignée. Elle dit combien il était différent, que ses préjugés s'étaient écroulés auprès de lui. Sandra esquissa un rictus triste.

— Tu ne le connais pas, dit-elle pragmatique.

Émilie en convint et se laissa tomber dans le canapé.

— Comment Maxime a-t-il pu avoir cette photo ? demanda Sandra, qui connaissait bien l'ex-compagnon de sa nièce.

— Il m'a fait suivre ou m'a suivie lui-même, soupira Émilie. Mais je me demande comment il a pu savoir que j'étais montée à Paris. J'aurais pu aller n'importe où...

— Bah, il a procédé par déduction. Tu n'as pas des tonnes d'amis... et encore moins de famille.

— C'est vrai, concéda Émilie.

Elle soupira et se prit la tête entre les mains. Elle ne parviendrait donc pas à se débarrasser de lui en fuyant...

— Quel document lui as-tu pris ? reprit Sandra.

Émilie releva la tête et fit une grimace d'ignorance en haussant les épaules.

— Si seulement je le savais ! J'ai juste emporté mes livres préférés et certains documents administratifs importants.

Elle se leva tout en répondant, alla chercher sa valise et vint l'ouvrir sur le canapé. Les deux femmes enlevèrent les quelques vêtements qui traînaient encore et sortirent les livres un à un. Elles les examinèrent avec attention sans rien découvrir entre les pages. Émilie saisit deux chemises cartonnées et entreprit d'en fouiller les documents. Là, entre ses relevés de compte, elle trouva une feuille manuscrite qui n'y avait pas sa place. Encore l'écriture de Maxime. La feuille contenait des dates, sans précision d'années, et des noms de rue, sans précision de villes.

— Ça doit être ça, fit-elle en tendant le papier à sa tante.

Elle poursuivit ses recherches et trouva une autre feuille, entièrement noircie, dans la deuxième chemise, entre ses papiers d'assurances. Cette fois, les dates et les noms de rue étaient barrés. Elle fit rapidement le lien entre les dates et les absences imprévues de Maxime lorsqu'ils vivaient encore ensemble quelques mois plus tôt. Il avait prétexté tantôt un rendez-vous de boulot à la dernière minute, tantôt un dîner avec un collègue de travail, tantôt un dossier à boucler dans la soirée... Au début elle l'avait cru. Il était soi-disant ingénieur dans une jeune et dynamique entreprise de développement de nouvelles technologies. Son travail l'accaparait beaucoup et il était souvent tendu. Émilie avait mis ça sur le compte de la pression exercée par sa hiérarchie... Les retards et les absences étaient réguliers, et Émilie s'était mise à envisager l'existence d'une autre femme, sans jamais en trouver de preuve.

À présent, au regard de ce qui leur était arrivé trois mois plus tôt, elle savait qu'elle avait fait fausse route dès le départ.

— Émilie, il est peut-être temps que tu me dises la vérité... souffla sa tante qui la voyait perdue dans ses réflexions.

La jeune femme émergea de ses pensées et se laissa tomber en arrière contre le canapé.

— D'accord... Sers-nous d'abord un petit remontant. On va en avoir besoin.

— À ce point ? s'inquiéta Sandra en préparant deux portos.

— Oui...

Émilie attendit que Sandra lui tende son verre et reprenne place à ses côtés pour lâcher :

— Maxime est trafiquant d'armes...

Sandra en fut abasourdie.

La soirée durant, Émilie se livra, enfin, vidant tout ce qu'elle avait sur le cœur, racontant la vérité sur son accident. Sandra avait été au courant de l'accident de voiture dont sa nièce avait été victime en janvier, mais elle en ignorait les circonstances exactes. Elle apprit qu'il ne s'agissait pas réellement d'un accident de la route. Au fur et à mesure que la parole d'Émilie se déliait, qu'elle posait des mots sur le cauchemar qu'elle avait vécu, elle se sentait plus légère, de plus en plus soulagée. Elle ne révéla cependant pas toute la vérité à sa tante. Elle n'y parvint pas. Les larmes lui vinrent, elle effleura discrètement son ventre, encore « psychologiquement » douloureux. Sa tante se rapprocha d'elle et la pressa contre son cœur.

— ... puis je me suis sauvée à Paris... je voulais me reposer, faire le point... et il y a eu Malik...

À l'évocation du prénom du jeune homme, des images et des émotions contradictoires s'entrechoquèrent. Ses suspicions envers Maxime, ses solitudes nocturnes dans l'attente de son retour, de sa présence, les mensonges et les non-dits autour de ce qu'il était, de ce qu'il faisait... toute une instabilité émotionnelle éprouvante. Et puis tout cet amour et cette quiétude ressentis auprès de Malik, toute cette envie de bien faire qui émanait de lui, toute cette tendresse dont il l'avait entourée alors qu'il luttait contre ses propres démons... Le regret de n'avoir pas vécu avec Maxime tout ce qu'elle venait d'éprouver en quelques jours avec Malik eut l'effet d'une gifle. Elle éclata en sanglots.

Les deux femmes s'enlacèrent, et restèrent ainsi longtemps, jusqu'à ce qu'Émilie se calme un peu. Elle s'écarta de sa tante, attrapa son verre et le but d'un trait, imitée par Sandra. Elles grignotèrent quelques amuse-gueules et Émilie poursuivit :

— Je pense que ce sont des dates et des lieux de livraisons d'armes.

— Il est livreur ? Fournisseur ?

— Je ne sais pas exactement. Livreur, sans doute.

— Tu veux retourner voir la police ?

— Non, ça ne servirait à rien. Il n'y a là, malgré les menaces sous-jacentes, rien qui me permette de porter plainte. Il faut que je réfléchisse à la suite à donner à tout ça, affirma

Émilie. Que je dorme et que je réfléchisse, et que je redorme, tant je suis fatiguée.

Elles dînèrent rapidement d'une soupe et de fromages. Peu après, une fois seule dans sa chambre et en proie à de sombres pensées, Émilie reçut la réponse apaisante de Malik : « Em. Tu me manques. J'ai pris quelques jours supplémentaires pour régler mes affaires[2]. Je croise les doigts pour ton entretien. Content pour toi. App moi ou écris-moi dès que possible pour me dire comment ça s'est passé. Moi aussi je t'... ». Une vague de bonheur emplit son cœur. Elle ne mit pas longtemps à sombrer dans un sommeil profond et sans rêves.

---

[2] Pour en savoir plus, lire *Comptes à rebours : Malik*, selon Fred Daviken.

# 6

L'entretien d'embauche se déroula sans problème. Émilie fut reçue par le directeur du journal, qui l'interrogea sur son expérience et lui demanda quelques exemples de son travail. Elle avait apporté plusieurs de ses meilleurs articles. Romain Triquet les parcourut rapidement sans laisser paraître la moindre émotion. Il rendit les extraits de journaux à Émilie et lui parla salaire. Il lui en proposa un nettement meilleur que celui de pigiste, et elle osa à peine négocier certains avantages en nature, comme la prise en charge des frais de déplacement, de repas... Le directeur accepta sans sourciller ; il appliquait déjà cette politique à ses autres employés. Il lui proposa de signer le contrat d'embauche le jour même. Il lui faudrait juste quelques minutes pour le lui préparer. Émilie accepta avec une joie mal contenue. Romain sourit devant l'enthousiasme de la jeune femme, se leva et proposa de lui faire visiter les locaux. En passant devant sa secrétaire, il lui demanda de préparer le contrat pour Mlle Millet, ici présente, leur nouvelle collaboratrice. La secrétaire tendit la main à Émilie et lui souhaita la bienvenue de façon sincère, ce qui rassura la toute fraîche embauchée sur l'ambiance de travail.

Elle découvrit un journal à taille humaine, chaleureux. Ses nouveaux collègues l'accueillirent tous avec le sourire, notamment ses futurs « adjoints », qui furent soulagés de voir enfin arriver une remplaçante pour diriger une rubrique qui croulait sous le manque d'organisation. Émilie et Romain revinrent au bureau directorial au bout d'un petit quart d'heure. Le contrat d'embauche les attendait en double exemplaire. Ils tombèrent d'accord pour qu'elle prenne son poste le lundi 18 mai. Cela lui laisserait une semaine pour préparer quelques articles en fonction des différents reportages et interviews menés par ses pigistes, et pour découvrir sa ville d'adoption. Émilie quitta le journal avec plusieurs dossiers sous le bras, heureuse d'avoir de quoi s'occuper l'esprit et se remettre dans le bain. Elle était ravie. Son avenir s'éclairait là aussi d'une jolie lueur.

De retour chez sa tante, elle pensa beaucoup à Malik, à leur week-end, mais surtout à leur dernière soirée et à leur séparation sur le quai de la gare. Ils ne s'étaient quittés que depuis la veille, mais elle avait la sensation que cela durait déjà depuis bien plus longtemps. Elle avait besoin de le voir, d'entendre sa voix chaude envelopper son cœur, de sentir ses mains sur sa peau, sa bouche sur ses lèvres, et plus encore... Allongée sur son lit, elle laissa échapper le livre sur lequel elle avait bien du mal à se concentrer. Sa main droite glissa entre ses cuisses, sous la fine culotte... Elle jeta un coup d'œil à son téléphone posé sur le drap. Elle avait besoin de Malik physiquement, et pas seulement *via* un appareil de communication. Ses doigts jouaient sur son sexe humide. Elle se laissa aller à son plaisir en imaginant en elle l'homme qu'elle désirait le plus au monde...
Quelques minutes plus tard, peu avant midi, détendue, elle appela Malik. Elle tomba sur son répondeur. Déçue, elle soupira et attendit que la voix préenregistrée eût terminé son monologue avant de pouvoir laisser son message.
— Coucou Malik ! Bon ben... j'aurais aimé entendre ta voix... tant pis... Mon entretien d'embauche s'est super bien passé. J'ai signé le contrat, je commence le 18. J'ai une bonne semaine pour préparer quelques articles et visiter la région, histoire de m'en imprégner, mais... là j'ai juste envie d'être avec toi. Enfin bon... c'est la vie. J'espère que tu vas bien. Tu me manques... Rappelle-moi... Je t'embrasse.
Elle avait fait durer autant que possible son message, lien ténu avec l'homme qu'elle aimait, mais elle espérait ne pas avoir été trop « lourde » sur la fin. Elle raccrocha, frustrée. Sa tante ne rentrerait pas avant la fin de la journée ; elle allait devoir s'organiser. Tout pour ne pas réfléchir, pas encore. Il était trop tôt pour faire le point sur sa situation. Elle refusait

de penser à Maxime, elle refusait qu'il vienne lui gâcher, de nouveau, les moments heureux qu'elle vivait.

Elle décida de sortir en ville et de trouver un endroit où déjeuner. Le soleil étant au rendez-vous, elle s'installa à la terrasse d'un café du centre-ville, le Danube, dont la vue dégagée donnait en face sur une jolie placette inondée de soleil et à droite sur l'hôtel de ville, lui-même érigé au milieu d'un vaste espace fleuri. Émilie commanda un sandwich et une boisson. Elle feuilleta le dossier qu'elle avait emporté. Il était 16 heures lorsqu'elle leva la tête de ses documents. Elle avait noirci son petit carnet de notes et n'avait plus qu'à rédiger son premier article. Elle referma la chemise, régla ses consommations et rentra chez sa tante. Celle-ci arriva peu après. Émilie lui raconta sa journée et la bonne nouvelle de son embauche, tout en préparant le repas.
— Je suis ravie pour toi ! s'exclama Sandra.
Cette dernière portait encore culotte d'équitation et veste, et tenait sa bombe et sa cravache à la main. Elle s'éclipsa pour se mettre à l'aise avant de rejoindre sa nièce qui dressait déjà la table.
— Tu n'es pas obligée de faire quoi que soit ici, Émilie.
— Je sais, mais ça me fait plaisir, et tu m'avais l'air crevée.
— En effet ! reconnut Sandra en se laissant tomber sur une chaise. Une journée d'équitation, et hop ! plus personne !
Émilie sourit. Sandra poursuivit :
— À ce propos, je ne serai pas là ce week-end. Il y a un concours équestre aux Jaulinières, à environ une heure d'ici, sur trois jours. Du saut d'obstacles, plusieurs niveaux. Les adultes concourent vendredi et samedi, les enfants dimanche. Je participerai au CSO[3] de samedi et j'encadrerai les petits dimanche.
Sandra était instructeur d'équitation depuis dix ans et s'épanouissait dans son travail. Elle aspirait à reprendre le

---

[3] CSO : Concours de Saut d'Obstacles.

centre équestre des Jaulinières, mais se contentait pour l'instant d'en être l'un des piliers.

— Pas de souci. J'ai de quoi m'occuper avec mes dossiers, et j'irai me balader, annonça Émilie, qui aimait aussi être seule, surtout pour travailler et réfléchir.

— Ça va alors. Je peux te confier la maison et partir l'esprit tranquille.

— Tu peux, affirma Émilie. Je ne brûlerai pas ton beau tapis ni ne scierai les pieds du lit !

Sandra éclata de rire à l'évocation de la chanson de Sabine Paturel[4]. Elles dînèrent en parlant équitation. Émilie s'y inscrirait peut-être un de ces jours, l'idée la tentait bien. Au moment de passer au dessert, et alors qu'un léger silence s'était installé, Sandra demanda :

— Qu'as-tu décidé de faire avec les documents qu'il te réclame ?

Émilie savait bien sûr à qui sa tante faisait allusion.

— Je n'en sais rien. Les lui envoyer par la Poste, sans doute. J'ai bien envie de le faire mariner un peu quand même.

— À ta place je ne jouerais pas trop avec lui...

— Je sais ! l'interrompit sèchement Émilie, agacée qu'on l'incite à se plier aux exigences d'un malfrat. Je n'ai pas peur de ses manœuvres d'intimidation. Il n'avait qu'à pas mettre ses papiers au milieu des miens, merde !

— Ne t'énerve pas. Je dis ça pour toi. Parce que tout ça m'inquiète...

— Je sais, répéta Émilie dans un soupir en tentant de se calmer, même si elle bouillait intérieurement. J'ai relu les dates et les lieux. La prochaine tombe mercredi, le 13. Si je lui envoie son bidule samedi, il l'aura à temps et ne me fera plus chier. Mais... je n'ai aucune envie de l'aider dans son trafic. Faut que j'y réfléchisse encore.

---

[4] *Les Bêtises*, chanson interprétée par Sabine Paturel, fait partie de l'album *Cœur bébé*, sorti en 1984.

— Bien, abandonna Sandra. Ne te mets pas en danger, surtout.
— T'inquiète pas.
Sandra esquissa un sourire peu convaincu. Elle ne pouvait que craindre pour la santé de sa nièce après ce que Maxime lui avait déjà fait endurer. Il avait d'ailleurs l'air plus dangereux que ce qu'Émilie avait bien voulu révéler, et Sandra se demandait si sa nièce lui avait tout dit à son sujet... Elles débarrassèrent la table en silence et s'embrassèrent avant de se quitter pour passer la soirée chacune de son côté.

Une fois dans sa chambre, Émilie consulta une nouvelle fois son portable. Toujours aucune nouvelle de Malik. Elle se mordit les lèvres. Elle avait certainement mal dosé son message vocal. Elle se lava rapidement et se glissa sous les draps. Elle pensa à ceux de Malik, ceux qu'ils avaient froissés de leurs étreintes, baignés de leur sueur... Elle craignit subitement de ne plus froisser le moindre tissu dans les bras de cet homme. Elle soupira, le cœur lourd, brancha ses écouteurs et lança une liste de chansons mélancoliques sur Deezer. Une vraie ado en proie à un chagrin d'amour. Elle fut amère à cette idée. Grandissait-on jamais, en amour ? Elle s'endormit ainsi, après avoir jeté un ultime coup d'œil à son portable désespérément silencieux.

Le lendemain s'écoula paisiblement. Sandra passa sa matinée dans le jardin, à entretenir ses fleurs en pleine éclosion et ses arbustes éclatants de couleurs. Elle se chargea du repas et passa l'après-midi à préparer son week-end sportif. Elle partirait tôt le lendemain, 8 mai. Émilie, assise sous la petite pergola, la regardait vaquer à ses occupations tout en étudiant ses dossiers et en griffonnant son cahier. En fin d'après-midi, elle avait préparé deux nouveaux articles. Elle était fatiguée, mais satisfaite. Elle aurait le week-end pour aller visiter les endroits dont elle parlait et vérifier si ce qu'elle racontait était correct, si ses dossiers ne comportaient pas d'erreurs d'adresses, de dates ou, pire, des noms de protagonistes inexacts. Elle avait regagné sa chambre et allait allumer son ordinateur portable afin de saisir ses articles « au propre » lorsque son Smartphone sonna. Malik. Enfin ! Le cœur d'Émilie bondit dans sa poitrine. Elle appuya sur le bouton vert de l'écran tactile pour prendre l'appel, posa l'appareil contre son oreille et lâcha un « Allô ? » tremblant.

— Bonsoir Émilie. Tu vas bien ?
— Ça va... Et toi ? dit-elle le cœur battant.
— Bien, bien... Excuse-moi de ne pas t'avoir rappelée plus tôt. J'ai eu pas mal de choses à faire et... pas trop le moral. Gros besoin de décompresser. Je ne voulais pas t'inquiéter... Cependant, j'aurais dû t'appeler plus tôt.
— Pas grave. Un jour, peut-être... fit-elle en reprenant les derniers mots qu'ils avaient échangés sur le quai de la gare Montparnasse.
— Oui. Ce jour va arriver. J'ai un truc à faire pas très loin de chez ta tante, alors si c'est possible de se voir... J'ai vraiment besoin de te voir. Tu me manques trop. Nous pourrions peut-être passer quelques jours ensemble... Tu penses que c'est jouable ?

Émilie en fut transportée de bonheur. Rien ne pouvait lui faire plus plaisir.

— Oui ! Ma tante me laisse la maison jusqu'à dimanche soir...

Elle eut l'impression d'avoir seize ans et d'annoncer, toute guillerette, à son copain secret que ses parents ne seraient pas dans leurs pattes et que rien ne les empêcherait de se consacrer à leurs petites affaires. Elle sourit pour elle-même. Finalement, ce n'était pas si désagréable de rajeunir, parfois. Une vibration joyeuse dans la voix de Malik lui permit de deviner qu'il avait perçu la même image :

— Nickel. On essaiera de ne pas en mettre partout et on rangera bien, elle ne se doutera de rien.

Ils éclatèrent de rire, enivrés par leur complicité. Émilie lui donna l'adresse et Malik lui annonça qu'il serait chez elle le lendemain avant midi. Il avait beaucoup de choses à lui raconter et avait hâte, surtout, de la sentir contre lui, de la sentir chaude et humide autour de lui. Cette allusion sans équivoque enflamma le corps d'Émilie. Elle répondit qu'elle était dans le même état. Ils s'embrassèrent virtuellement et se quittèrent sur un souhait de bonne nuit. Émilie n'eut plus le courage de travailler à ses articles. Elle aurait tout le temps le lendemain matin. Aussi s'endormit-elle apaisée et heureuse.

Le moteur ronronnant de la MX-5 se fit entendre dans le quartier peu après onze heures. Émilie se précipita hors de la maison pour ouvrir le portail. Malik se gara dans l'allée. Sans aucune gêne, ils s'enlacèrent avec élan sous certains yeux indiscrets de voisines mal dissimulées derrière leurs rideaux. Main dans la main, ils pénétrèrent dans la demeure. Émilie entraîna Malik directement vers le canapé, le couvrant de baisers et de caresses. Il lui rendit tout au centuple, tout aussi avide d'elle qu'il était. Ils se retrouvèrent rapidement nus. Émilie caressait son amant du bout des doigts, du bout des lèvres. Elle explora tout son corps, lentement, guettant ses soupirs. Il fermait les yeux, profitant pleinement des frissons qu'elle lui procurait. Elle le sentit retenir sa respiration lorsque ses lèvres effleurèrent son sexe dressé. Elle l'embrassa lentement, laissant glisser sa langue sur l'extrémité délicate dont elle aima particulièrement la douceur. Malik poussa un soupir rauque. Il saisit un sein entre ses mains et Émilie vibra à son tour. Il l'attira vers lui pour dévorer cette poitrine toujours aussi réactive à ses caresses. Émilie sentait déjà le plaisir monter en elle. Malik ne lui laissa pas le temps de faire un geste de plus. Il l'allongea, lui écarta doucement les cuisses et la pénétra sans difficulté tant elle mouillait de désir. Leur étreinte, plus brûlante que jamais, les emporta loin de la réalité. Ils jouirent ensemble, serrés l'un contre l'autre.

Émilie percevait les battements du cœur de Malik, qui, tout comme les siens, ralentirent peu à peu. Elle déposa un baiser sur son épaule, comblée. Tout son être vibrait, vivait quand il était à ses côtés. Elle se sentait « complète » en sa présence et ce sentiment lui apportait un réconfort immense.

Un peu plus tard, Malik proposa qu'ils aillent déjeuner quelque part au bord de l'océan ; ils trouveraient bien un petit restaurant sympa. Décidément, il ne manquait jamais d'idées nouvelles pour s'évader. Émilie appréciait beaucoup le côté bohème de son amant. Elle approuva d'autant plus sa proposition qu'elle constata que la lueur sombre dans son regard, cette lueur qui s'y trouvait avant leur séparation, avait presque disparu. Ils se lavèrent rapidement et, quelques minutes plus tard, ils prirent le chemin de l'océan le cœur léger. Émilie rayonnait de bonheur. Elle remarqua que son compagnon n'hésitait pas un instant sur la direction à prendre. Il programma son GPS en quelques clics. Dans la voiture décapotée, Émilie offrit son visage au soleil et ferma les yeux pour en recevoir un maximum de bienfaits.

Au bout d'un petit moment, alors qu'ils roulaient sur la nationale fréquentée, Émilie eut la désagréable impression qu'une voiture les suivait. Elle surveillait le rétroviseur d'un air absent depuis leur départ, et cette voiture racée, une Audi A3 blanche, apparaissait toujours, conservant avec la MX-5 de Malik une distance raisonnablement proche. Au bout d'un moment, Émilie se retourna. La berline resta sagement dissimulée derrière un autre véhicule. Une quarantaine de minutes plus tard, ils arrivèrent à La Bernerie-en-Retz. Dans le rétroviseur, Émilie vit l'Audi inquiétante disparaître au détour d'une rue, bien avant le centre-ville. Elle eut quelques difficultés à se raisonner. Et si c'était *lui*... ou quiconque engagé par *lui* pour la suivre ? Elle devenait paranoïaque. Elle se fit violence pour chasser cette idée et se concentrer sur l'instant présent, sur Malik.

Ils passèrent devant quelques restaurants. Malik se gara le long d'un trottoir juste après le troisième et invita Émilie à descendre. D'un pas assuré, il l'entraîna vers la brasserie l'Océanic. Ils s'installèrent en terrasse et commandèrent un apéritif tout en consultant le menu.

— Dis donc... c'est aussi un collègue de ton boulot qui t'a parlé de ce restau ? demanda Émilie avec une pointe d'ironie.

— Absolument pas ! rit-il. Je ne le connais pas du tout, mais il m'a l'air plutôt sympa... non ?

— Si, si... répondit Émilie peu convaincue, persuadée qu'il lui cachait quelque chose. Tu vas dire que j'insiste mais... j'ai l'impression que tu ne m'as pas emmenée ici par hasard. Tu n'as pas hésité une seconde en programmant ton GPS.

Malik la regarda intensément, avant de soupirer, vaincu par le poids que lui imposait le silence. Émilie apprit alors le décès de son père[5], son passage à l'hôpital le lendemain de leur merveilleux week-end, les mots du médecin, froids et tranchants comme une lame. Malik lui avoua la culpabilité qu'il ressentait à éprouver un bonheur insolent depuis qu'il l'avait rencontrée, alors qu'il aurait sans doute dû être davantage ravagé par le chagrin. Il lui confia cette sensation étrange que quelque chose le poussait à en profiter pleinement avant que cela lui échappe... Il lui dit toute l'attirance qu'il éprouvait pour elle et le vide qu'il avait enduré sans elle. Il se sentait différent de l'homme qu'il avait été avant, comme s'il n'avait été jusque-là qu'un reflet de lui-même.

Émilie fut secouée par ces révélations. Sa vue se brouilla sous l'émotion, mais elle parvint à réfréner ses larmes.

Malik poursuivit néanmoins ses confidences, et Émilie sut pour quelle raison il ne l'avait pas appelée avant le jeudi soir : il avait eu besoin de décompresser auprès de ses amis, de ses proches, et il avait organisé une petite « sauterie »[6]. Elle comprenait parfaitement ce besoin. Sa manière de leur dire adieu était une belle révérence. Originale, certes, mais il tournait ainsi la page avec une certaine classe. Émilie ne cessait pas de l'observer tandis qu'il se livrait, en un

---

[5] Pour en savoir plus, lire *Comptes à rebours : Malik,* selon Fred Daviken.
[6] Cf. note n°5.

monologue ininterrompu, presque sans pause respiratoire. Il avait besoin d'expirer ses sentiments, les événements, le poids de quelque chose de plus lourd encore qu'elle n'arrivait pas à définir. Et malgré tout il était calme, serein, et de plus en plus détendu au fil des mots évacués. Malik lui révéla ainsi son héritage, dont la petite maison qui lui appartenait désormais, dans laquelle il souhaitait vivre, située dans ce village même, et le locataire auquel il avait prévu de rendre visite. Là était la cause de leur déplacement, qui ne devait rien au hasard.

— Je veux tirer un trait sur ma vie d'avant et tracer la ligne de celle d'après. J'ai une carte bleue, deux pièces d'identité, un chez moi et une femme que j'aime intensément. Je n'ai besoin de rien d'autre.

Les derniers mots achevèrent d'ébranler le cœur d'Émilie. Elle ne put retenir des larmes qui coulèrent doucement le long de ses joues, jusqu'à ses lèvres qui esquissaient un sourire de compassion mêlé de joie. Elle vit Malik verser du vin dans chacun de leur verre et en profita pour sécher ses joues d'un revers de main. Malik posa la bouteille, lui saisit les mains sur la table et déclara :

— Voilà, Émilie, ce que je peux faire pour toi : me débarrasser de ce que j'étais. Le destin m'a permis de le faire. Violemment certes, mais efficacement. J'espère que quand tu seras prête, quand toi aussi tu auras trouvé ta stabilité, alors nous pourrons être ce que nos corps nous crient de vivre. Rien ne presse. Mais je ne veux plus que tu me manques.

Complètement assommée par ces derniers mots, Émilie resta suspendue dans le vide quelques secondes. Elle s'anima enfin, mais fut incapable d'utiliser un autre langage que celui du corps. Elle se leva et vint s'asseoir aux côtés de Malik. Elle se blottit contre lui pour lui faire parvenir la vague d'émotions qu'elle éprouvait.

Après le déjeuner, ils gagnèrent à pied, non loin de là, une petite rue tranquille. Véritable village de bord de mer, La Bernerie-en-Retz alignait des petites maisonnettes, le plus souvent sans étage, aux façades de brique ou peintes en blanc et aux volets rouges, verts ou bleus. Le quartier, sous le soleil, était très agréable et l'odeur salée de l'océan n'y était pas étrangère. Les maisons, cependant, ne respiraient pas la première jeunesse. Certaines clôtures étaient rouillées et, çà et là, des gonds grinçaient au vent. Malik s'arrêta bientôt devant une petite bâtisse blanche aux volets rouges. Émilie jeta un coup d'œil à la boîte aux lettres, tandis que Malik appuyait sur la sonnette. Marc Mussaud, homme d'un certain âge à l'allure marine et patinée, ouvrit la porte et s'avança en charentaises, méfiant, vers le couple d'inconnus. Malik lui tendit la main dans un sourire :

— Bonjour monsieur Mussaud. Je vous ai téléphoné hier... Malik Bonde, le fils de Fabien Bonde.

Le locataire comprit immédiatement. Il serra la main de Malik, leur ouvrit le portail et les invita à entrer. Émilie découvrit en même temps que son ami un intérieur sans âme, pauvre en mobilier, mais parfaitement entretenu.

Autour d'un café servi par leur hôte, elle assista à une conversation presque surréaliste. Mussaud se disait prêt à quitter les lieux sur-le-champ, avec pour seul bagage le portrait inachevé de son épouse disparue, puisque Malik voulait habiter cette maison qui lui appartenait à présent[7]. Émilie imagina le vieil homme s'en allant sur la route, portant sous le bras un chevalet fantomatique emballé dans un tissu blanc, et disparaissant dans un souffle au détour d'une maison... Elle se tourna vers Malik et lui adressa une moue en signe de compassion envers ce pauvre hère. Malik n'avait pas tant besoin que cela de récupérer cette maison, alors que son locataire se retrouverait à la rue...

Puis Mussaud raconta sa déchéance après que sa femme l'eut quitté pour un homme de dix-sept ans plus jeune : l'alcool pour noyer l'affliction, la perte de son travail, de son appartement, la vie sous les ponts... Puis les retrouvailles

---

[7] Pour en savoir plus, lire *Comptes à rebours : Malik*, selon Fred Daviken.

inattendues avec un ancien collègue, Fabien Bonde, le père de Malik. Ce dernier lui avait alors généreusement offert de venir vivre à La Bernerie. L'histoire toucha le cœur de Malik comme celui de son père avant lui. Il décida alors :

— Je vous promets que rien ne va changer pour vous. La vente de mon appartement me permettra sans aucun doute d'acquérir quelque chose de convenable dans le coin, le rassura Malik.

Marc le regarda avec stupéfaction, puis il dit, d'une voix râpeuse qui trahissait son émotion :

— T'es bien le fils de ton père. La parole est sacrée. Putain, si j'avais pu avoir un gaillard comme toi !...

Il vint prendre Malik dans ses bras et pleurer sur son épaule. Émilie, en apprenant que Marc Mussaud n'avait pas eu d'enfant, éprouva une violente douleur, autant au corps qu'à l'âme. Elle se détourna des deux hommes et plongea son regard à travers la fenêtre qui donnait sur le jardin de derrière, petit coin de verdure sauvage engoncé entre les murs des maisons voisines. Elle tenta de se contrôler. Ne pas penser à tout ça. Pas maintenant. Pas ici, bon sang... Sa vue commença à se brouiller, mais elle se ressaisit, agacée par ses difficultés à maîtriser ses émotions.

Une bonne heure plus tard, après que chacun eut repris contenance, le couple, main dans la main, regagna la MX-5 en silence. Avant que Malik ne tourne la clef de contact, Émilie le considéra et lui dit :

— Je suis profondément navrée pour toi, Malik. Ta peine me fait aussi souffrir. Je ressens tant de conflit encore en toi. Je voudrais tellement t'en prendre un peu et le porter avec toi... Mais sois sûr que ce que tu viens de décider pour Marc est juste. Tu peux en être fier...

Il se tourna vers elle, plongea son regard dans ses yeux. Ému, il l'enlaça. Émilie sentit son amour trembler et elle l'enserra davantage contre elle. Ils restèrent un long, très long moment ainsi, à épancher la souffrance de Malik. Il était plus facile pour Émilie de consoler celui qu'elle aimait que de considérer et affronter sa propre douleur...

Finalement, Malik rompit leur étreinte. Il se détourna pour tirer un mouchoir de la portière et essuyer son visage. Bruyamment. Il murmura un « Merci » trop fort à Émilie. Elle posa la main sur sa cuisse et répondit « De rien » sur un ton de midinette bienveillante.

— Rentrons maintenant, souffla-t-elle.
— Oui.

La MX-5 vrombit en démarrant et ils quittèrent le joli petit village.

De retour à Challans, Émilie invita son ami à se détendre ; elle allait s'occuper de tout. Il alla prendre une douche, seul, tandis qu'elle cuisinait rapidement quelques restes et préparait un petit remontant nécessaire. Il la rejoignit dans la cuisine alors qu'elle finissait de présenter leur plateau-repas. Il l'enlaça par derrière et l'embrassa dans le cou. Elle sentit la fermeté de son désir contre ses fesses. Des mains soulevèrent sa jupe et abaissèrent sa culotte. Elle le laissa entrer en elle en fermant les yeux, aussi surprise que conquise par le plaisir qui l'irradiait déjà... mais elle le repoussa gentiment parce qu'elle avait surtout envie d'une douche, et s'éclipsa à son tour dans la salle de bains. Pour la première fois de sa vie, elle expédia sa toilette en moins de dix minutes, tant elle était pressée de retrouver Malik. Lorsqu'elle sortit de la salle de bains, il l'appela depuis sa chambre. Il avait tout préparé pour une soirée télé au lit. Lovés sous les draps, l'un contre l'autre, ils grignotèrent, regardèrent à peine le film loué *via* l'ordinateur portable d'Émilie, et finirent l'un dans l'autre, repus et en sueur.

Les cloches de l'église tintant midi les réveillèrent. Au cours du déjeuner, Émilie proposa qu'ils aillent visiter quelques lieux dont elle parlait dans ses articles et qu'ils finissent la journée en boîte de nuit. Il lui semblait avoir vu, en arrivant en ville, que le Saphir, qui avait abrité certaines de ses meilleures soirées de vacances à l'adolescence, existait toujours. Elle avait besoin de se défouler sur une piste de danse, de se mêler à la foule, de s'oublier, de tout oublier. Malik accepta sans hésitation ; il en avait certainement bien besoin lui aussi.

# 5

Leur promenade à travers Challans commença par quelques emplettes. Malik, ayant quitté Paris avec un bagage léger, avait besoin de vêtements supplémentaires. Émilie l'accompagna sans se faire prier, d'autant qu'il lui proposa de choisir l'un des pulls en cachemire qu'elle lorgnait à la dérobée dans une vitrine. Isolée dans une cabine d'essayage, elle allait enfiler un léger chandail vert lorsque Malik écarta le rideau pour la rejoindre. Il tira soigneusement les pans de tissu de manière à ne rien laisser entrevoir de l'extérieur. Il se retourna face à son amie, lui prit le vêtement et le déposa sur le tabouret qui se trouvait là. Elle se laissa faire lorsqu'il la saisit par la taille, la plaqua contre le mur et commença à l'embrasser tout en la déshabillant. Émilie eut toutes les peines du monde à retenir ses gémissements de plaisir. Dans les cabines voisines, les clientes se succédaient sans vraiment prêter attention à ce qui se passait à côté.

Les deux amants se rhabillaient lorsqu'une voix demanda à travers le rideau de leur cabine :

— Tout se passe bien, madame ?

Émilie se racla la gorge, encore nouée par les vertiges que lui avait prodigués Malik, et répondit :

— Oui, oui, très bien !

Ils entendirent la vendeuse proposer son aide au cas où, avant de s'éloigner. Ils pouffèrent de rire, soulagés de ne pas avoir été surpris quelques secondes trop tôt. Ils se dirigèrent peu après vers la caisse, l'air de rien. L'une des vendeuses n'avait pas été dupe et leur adressa un regard entendu lorsqu'ils passèrent devant elle.

Ils poursuivirent leur sortie dans la gaieté. Émilie entraîna Malik à la visite de l'église de Notre-Dame de l'Assomption. Le bâtiment, relativement grand, de style néo-gothique avec de magnifiques arcades ouvragées, datait de la fin du XIX$^e$ siècle.

La confession n'étant pratiquée qu'en matinée, le couple eut tout le loisir de découvrir et d'exploiter de manière originale l'espace confiné que lui proposait le confessionnal. Émilie songea qu'il n'existait pas de meilleur endroit pour confier à Dieu leur amour... si tant était qu'Il existât et se souciât d'eux.

La fin de l'après-midi ensoleillé les vit explorer la plupart des lieux remarquables de Challans, entre places et ruelles, boutiques et parcs arborés. Ils revinrent chez Sandra assez tard après avoir grignoté des sandwichs, assis sur un banc sur la place en face de l'hôtel de ville. Ils prirent une douche et se préparèrent pour leur soirée. Ils arrivèrent au Saphir peu avant minuit. Émilie retrouva à l'intérieur l'ambiance qu'elle y avait connue dix ans plus tôt, lorsqu'elle était venue avec ses amis fêter leur succès au bac. La décoration avait été rafraîchie depuis. Le sol scintillait, des cages au milieu de la vaste salle aux tons bleu nuit et blanc allaient sous peu accueillir les gogo-danseuses. Les boules à facettes tournoyaient en mille rayons de lumière au son de la musique électro. Derrière le bar s'affairaient les deux barmen, fortement sollicités. Les jeunes de la ville étaient nombreux ce soir-là et l'ambiance était festive. Malik et Émilie se frayèrent un chemin jusqu'au bar, où ils commandèrent des mojitos. Ils les savourèrent sans hâte, puis, désinhibés, ils se coulèrent au milieu de la foule qui occupait la piste et se laissèrent peu à peu envahir par la musique qui battait fortement à leurs oreilles. Émilie ferma les yeux et tenta de se déconnecter de la réalité. Elle se fichait bien de la manière dont elle dansait, elle voulait juste faire corps avec les battements des basses et hurler aussi fort que le chanteur, imitée par les jeunes qui planaient de plus en plus autour d'eux. Quelques joints devaient circuler sous le manteau. Du coin de l'œil, elle s'assurait simplement de la présence de Malik, qui lui prenait parfois la main. Elle eut l'impression qu'il ne s'amusait pas tant que ça... mais à aucun moment il ne lui en souffla mot.

Au bout d'un moment, ses pieds la firent souffrir. Les chaussures à semelles compensées que Malik lui avait offertes dans l'après-midi – elle avait profité, sans la moindre culpabilité, de l'envie qu'il avait eue de lui offrir des vêtements dont elle n'avait aucun besoin – n'étaient pas adaptées aux sautillements intempestifs et répétés. Elle avait oublié de chausser des souliers plus confortables en arrivant sur le parking, mais avait espéré pouvoir s'en passer. Il devenait évident qu'elle ne survivrait pas à la nuit si elle n'y remédiait pas. Elle expliqua brièvement son problème à l'oreille de son ami, en parlant aussi fort que possible pour qu'il puisse l'entendre malgré la musique assourdissante.

— Je vais à la voiture chercher mes sandales, j'ai trop mal aux pieds. Tu me files tes clefs ?

Malik acquiesça, sortit les clés de la poche de son jean et les lui tendit. Elle l'embrassa et s'éclipsa aussi rapidement que possible. Elle s'assura auprès du videur qu'elle pourrait bien revenir dans la boîte cinq minutes plus tard. Il hocha la tête d'un signe affirmatif, contrôla néanmoins le tampon fluorescent qu'il lui avait apposé sur le poignet lorsqu'elle était arrivée, et la regarda disparaître en direction du parking. L'endroit était éclairé par un lampadaire souffreteux et par la lueur de la lune qui n'en était pas encore à son dernier quartier ; l'on pouvait ainsi se repérer facilement. Émilie se dirigea d'un pas pressé vers la MX-5, en débloqua les portières à distance et ouvrit la sienne. Elle se pencha pour attraper ses chaussures plates qui gisaient sur le tapis de sol. Elle soupira de soulagement en se redressant.

Elle se retournait pour s'asseoir sur le siège et retirer ses compensées lorsque deux individus, un grand assez baraqué et un plus petit et plus maigre, parfaits stéréotypes de loubards inquiétants, se dressèrent devant elle. Elle leva les yeux, étonnée. La peur la saisit instantanément. Une sueur froide glissa le long de son dos. Le plus petit, qui mesurait quand même son mètre soixante-dix, comme Émilie, parla d'une voix grave qui n'allait pas du tout avec sa morphologie :

— Bonsoir Émilie. Y a Max qui aimerait bien que tu lui rendes ses factures, si tu vois c'que j'veux dire.

Elle se redressa en entendant son prénom, puis celui de Maxime.
— Pardon ?
Elle embrassa du regard le parking derrière eux, à la recherche d'un secours quelconque, mais l'endroit était désert et la boîte trop loin pour que le videur les aperçoive dans l'obscurité.
— Écoute, on va pas y passer la soirée. Max veut ses documents. Tu nous les donnes sans faire d'histoire et ciao, ciao.
— Je ne sais pas de quoi tu parles. S'il veut quelque chose, il n'a qu'à venir lui-même le chercher, déclara Émilie d'une voix aussi calme et volontaire que possible, alors que son corps transpirait et tremblait comme jamais, tandis que son esprit cherchait une manière de s'enfuir.
— Bon, je vois que t'es pas du genre coopératif. Viggo, à toi, fit-il en reculant d'un pas pour laisser plus de place au type immense.
Ledit Viggo s'approcha, saisit Émilie à la gorge et lui envoya un coup de poing dans le ventre. Elle avait agrippé le poignet de l'homme et tentait de s'en défaire quand la douleur vrilla son ventre, lui coupant la respiration. Un éclair de souvenirs effroyables lui traversa l'esprit. « C'est pas vrai ! cria-t-elle en pensée. Ça va pas recommencer ! » Elle tomba à terre et se recroquevilla instinctivement sur elle-même. En boule face au sol, elle retira discrètement son téléphone portable de la poche de sa veste et appuya sur le bouton du dernier numéro composé, celui de Malik. Le Smartphone était en mode silencieux, comme souvent. Émilie, paniquée, agita ses doigts autant que possible pour baisser le volume sonore avant que Malik ne décrochât. Aucun de ses agresseurs ne devait remarquer son téléphone ; seul Malik devait entendre. Tout se passa en quelques secondes. Déjà Viggo se penchait sur elle. Il l'attrapa par les cheveux et par un bras, lui arrachant des cris de douleur. Il la releva, l'entraîna derrière lui et la plaqua violemment contre une Opel Corsa. Le contact brutal du métal

mortifia le dos d'Émilie, qui poussa un grognement de douleur sous le choc. L'autre agresseur approcha d'elle, fixa son regard noir dans celui de la jeune femme et reprit de sa voix sombre et menaçante :

— Écoute, *Schlampe*[8], tu vas les retrouver, ces putains de papiers. Parce qu'autrement, le Max, il va venir et ce sera pas pour rien. Tu te souviens y a trois mois ? Ce sera pas la même chose, cette fois. Ta petite gueule, il y a aura plus personne qui voudra l'embrasser après, et ton petit cul, à part des clébards en rut, personne voudra plus le défoncer. *Verstanden*[9] ?

— J'ai rien à Max, j'vous dis ! articula péniblement Émilie à la fois furieuse et apeurée. J'me suis barrée avec un sac et mes papiers d'assurances, de Sécu, mes déclarations fiscales et quelques fiches de paie. C'est tout. J'ai même pas pris les bijoux qu'il m'avait offerts ! Putain, vérifiez avec lui !

— On sait tout ça, connasse ! Mais Max il dit qu'y a autre chose et...

Il n'eut pas le temps de finir sa phrase qu'un direct vint le cueillir à la mâchoire. Émilie le vit tituber, abasourdi. Elle reconnut Malik qui se précipitait tête en avant sur Viggo pour le faire basculer. L'homme, surpris, lâcha Émilie et reçut au même moment un coup de pied dans les valseuses. Viggo poussa un gémissement de douleur en tombant à terre. Malik se retourna vers le plus petit qui fonçait sur lui et lui envoya une nouvelle droite au niveau de la tempe. Émilie, pétrifiée, sursautait à chaque échange et n'osait pas bouger. Malik se tourna vers elle et lança :

— Viens, on dégage !

Elle saisit la main tendue et tous deux coururent vers la MX-5. Sa portière était restée ouverte et elle se jeta sur le siège avant de la claquer derrière elle. Malik démarra en trombe alors qu'Émilie attachait frénétiquement sa ceinture de sécurité. Ils quittèrent le parking de la boîte de nuit en

---

[8] *Salope*, en allemand.
[9] *Compris*, en allemand.

soulevant un nuage de poussière, au moment où les deux agresseurs se dirigeaient péniblement vers leur propre véhicule. Malik fonça à travers les routes de campagne, bien décidé à semer leurs poursuivants. Il conduisait tel un pilote de rallye. Les nerfs d'Émilie lâchèrent. Elle pleura sans retenue tout en s'agrippant au bolide. Au détour d'un virage, Malik aperçut un chemin, qu'il emprunta aussitôt. La MX-5 pénétra dans l'obscurité aussi loin que possible et Malik coupa bientôt moteur et phares. Émilie, soulagée que la course folle s'achevât, se prit le visage entre les mains et pleura de plus belle, vaincue. Elle sentit Malik l'entourer de ses bras. Contre lui, elle se calma peu à peu.

Apaisée, elle ne se redressa pas néanmoins. Elle n'osait pas affronter le regard de Malik et les questions inévitables qu'il lui poserait... Il souffla :
— Bien joué d'avoir appelé... J'espère qu'ils ne t'ont pas fait mal ?
Elle soupira. Son ventre l'élançait, son bras et son dos la faisaient souffrir et sa tête n'était qu'un tambour battant.
— Un peu, si... Les enfoirés... Quel connard ce mec ! lâcha-t-elle en relevant la tête.
— Bon, apparemment ils cherchent un truc. Mais c'est qui ce Max ? C'est le mec que t'as fui, c'est ça ?
Émilie comprit qu'elle ne pourrait pas dissimuler davantage son passé. Le moment était venu, sur ce chemin isolé, dans cette voiture, avec cet homme...
— Oui, c'est mon ex, avoua-t-elle. On a passé un bout de temps ensemble... et ça s'est mal fini.
— Ça, je m'en doute... C'est quoi les papiers qu'il cherche, t'en as une idée ?
— Oui. Ce sont ses rendez-vous, des dates et des lieux de livraison de sa came, je pense. Il avait tout planqué dans mes dossiers, c't'enflure. Je les ai retrouvés mardi dans ma valise.
— Sa came ? Il est dealer ? Quel genre de came : shit, héro, exta, coke ?

— Non, pas de drogue. Des armes, soupira Émilie.
— Ah ! ouais, du lourd... siffla Malik entre ses dents. On est pas dans la merde. Mais tu l'as connu comment ce mec ?
— On s'est rencontrés au mariage d'une copine commune. Il avait l'air sympa... J'ai cru pendant des années qu'il était ingénieur dans une entreprise de développement de nouvelles technologies. Il gagnait bien sa vie, nous vivions tous les deux sans soucis financiers, lui avec son haut salaire et moi avec mes piges. Ça me permettait de conserver tout de même mon indépendance... 'fin bref.
— Et un jour, tu as découvert le pot-aux-roses ? Et tu as décidé de te casser, c'est ça ? Il n'a pas dû apprécier, le gars...
— C'est pas vraiment ça, non...
Émilie regarda Malik intensément. Elle lui devait beaucoup ce soir. Elle venait de l'entraîner dans ses emmerdes et la situation tournait très mal à présent. Il serra ses mains dans les siennes et elle se sentit encouragée. Elle savait qu'elle pouvait lui faire confiance. Elle lui devait toute la vérité... Elle ferma les yeux et la lui livra, telle quelle.

*Un soir, Maxime et moi revenions d'un restau à Bourg-en-Bresse quand notre voiture fut prise en chasse par une berline noire. Maxime tenta de la semer mais elle roulait vite. Le conducteur prenait plus de risques que lui. La Mercedes nous dépassa et nous fit une queue de poisson, nous obligeant à nous arrêter sur le bas-côté. Maxime descendit de sa voiture en même temps que trois hommes cagoulés jaillissaient de la berline, arme au poing. L'un d'entre eux vint me sortir de la voiture, brutalement, en me tirant par les cheveux. Il colla le canon de l'arme contre ma tempe tout en me retenant les mains dans le dos. Je vis mon compagnon être plaqué contre le capot de la voiture, menacé d'une arme lui aussi. L'un des hommes dit :*
— *Où est passée la livraison, bouffon ?*
— *Elle a du retard ! J'y peux rien !*

— On s'en fout qu'elle ait du retard ! C'est ta merde ! Il la fallait pour hier, on n'a pas que ça à foutre d'attendre qu'un glandu fasse son boulot !

— Je les ai relancés hier, justement ! Ils ont des soucis à cause de contrôles de police, mais la marchandise est prête, je suis sûr qu'elle est en route pour l'entrepôt. Je l'acheminerai dès que je l'aurai !

— Y a intérêt, connard. Y a intérêt à ce qu'elle arrive dans les vingt-quatre heures, sinon on reviendra pour te saigner. Pigé ?

— Ouais, pigé ! répliqua Maxime avec énervement.

L'homme qui le plaquait le releva et celui qui avait parlé lui asséna une droite d'une violence telle qu'il en tomba à terre. J'ai hurlé :

— Non ! Ne lui faites pas de mal !

Les hommes s'intéressèrent alors à moi. Le chef de la bande s'approcha de moi. Maxime était toujours sous la menace d'une arme. Il ne put que se redresser péniblement à genoux en se massant la mâchoire.

— Eh ! tiens ! T'as une copine en plus ! Tu m'en diras tant...

Je tressaillis, reculai d'un pas mais me heurtai à l'homme qui me maintenait fermement et qui resserra son étreinte. Mes poignets m'élancèrent violemment.

— Tu sais c'qu'on fait aux pouffiasses de blaireaux comme toi ? demanda l'homme à Maxime.

— Ne la touchez pas, articula ce dernier avec difficultés. Elle n'a rien à voir avec...

Un coup de crosse sur le crâne l'interrompit et le fit tomber au sol une deuxième fois. Il releva la tête et ne put qu'assister impuissant à ce qui s'ensuivit.

— On les fume.

L'homme décocha un coup de poing d'une violence inouïe dans mon ventre. J'en eus la respiration coupée. Je me pliai en deux sous le choc autant que sous la douleur, et m'écroulai au sol. L'homme qui m'avait tenue me releva suffisamment pour que le chef puisse poursuivre son passage à tabac. Il me gifla jusqu'à ce que du sang apparaisse au coin de mes lèvres. Maxime hurla des protestations et reçut un nouveau coup sur la tempe, qui l'assomma pour de bon. L'homme qui me maintenait me laissa tomber à terre. J'étais à demi inconsciente, je pleurais, et soudain je reçus un coup de pied en plein ventre. Je hurlai de douleur. L'autre intervint :

— Arrête Stan, on n'est pas là pour la buter.

Le chef retint un deuxième coup de pied, mais c'était trop tard. Ravagée par la douleur, je sentis quelque chose d'anormal se produire en moi. Un liquide chaud et épais coula entre mes cuisses. Je compris immédiatement ce qui m'arrivait. Dans l'obscurité de la nuit, aucun agresseur ne remarqua la tache que s'étendait doucement sur mon pantalon en toile beige.

— T'as compris, connard ? reprit le chef de la bande à l'attention de Maxime. Si on n'a pas les armes dans vingt-quatre heures, on reviendra régler son compte, définitivement, à ta copine.

Ils coururent en direction de leur Mercedes, qui démarra en trombe et disparut dans un bruit de moteur vrombissant. Maxime, au prix de nombreux efforts, se traîna péniblement jusqu'à moi. Je pleurais, gémissais sous les lames de la douleur, plaquais mes mains contre mon ventre en un geste vain. C'était fini... Arrivé à ma hauteur, Maxime prit ma main dans la sienne et, à bout de forces, il s'évanouit.

Je me suis réveillée vingt-deux heures plus tard, sur un lit d'hôpital. Un médecin vint m'apprendre, avec une délicatesse que j'appréciai beaucoup, que j'avais perdu mon bébé dans l'agression. Je ne répondis pas, tournai la tête vers la fenêtre de ma chambre et me mis à pleurer, sans bruit. Le médecin se retira. Il serait toujours temps, plus tard, de parler avec moi des soins physiques et psychologiques qui me seraient proposés et dont j'aurais certainement besoin.

Maxime vint me rendre visite le lendemain de mon réveil. Le crâne bandé, il n'était pas très reluisant de santé, lui non

*plus. Je l'accueillis sans sourire et détournai le visage. Conscient que plus rien ne serait comme avant entre nous, il s'assit néanmoins dans un fauteuil et parla doucement :*
— *Pourquoi ne me l'as-tu pas dit ?*
*Je ne répondis pas.*
— *Si j'avais su, j'aurais fait ce qu'il fallait pour vous protéger, toi et le bébé.*
— *C'est ça. Ça va être de ma faute, maintenant, grommelai-je sans me retourner.*
*Il soupira.*
— *Va-t'en, éructai-je entre mes dents, d'une voix calme et grave. Sors d'ici. Sors de ma vie. Je ne veux plus jamais te revoir.*
*Ces phrases glaciales le figèrent.*
— *Laisse-moi t'expliquer...*
— *Il n'y a rien à expliquer. Tu m'as menti. Je savais bien que tout ça était trop beau pour être vrai. Que ton salaire était trop élevé pour un ingénieur de ton âge...*
— *Et toi, tu m'as pas menti peut-être ? Cette grossesse... depuis combien de temps étais-tu enceinte ?*
— *Ta gueule. Sors d'ici j'te dis. Et ne refous plus jamais les pieds dans ma vie.*
*Il quitta la chambre sans un mot de plus, sans que je lui aie adressé le moindre regard.*
*Je restai une semaine complète à l'hôpital, autant pour soigner mon âme que pour soigner mon corps. Pendant mon séjour je reçus un résultat d'examen qui m'apprit que je ne pourrais plus avoir d'enfant ; mon utérus avait été irrémédiablement abîmé. Je tentai de m'en remettre pendant de longues semaines, grâce au soutien compétent du psychologue auquel l'hôpital m'avait adressée. Bien sûr, j'ai porté plainte contre X contre mes agresseurs, que je ne connaissais pas, et j'ai déposé une plainte plus précise contre mon ex-compagnon, Maxime, que je jugeais responsable de l'agression, finalement, et de la perte de mon bébé et de toute possibilité d'être mère un jour. Lorsque celui-ci reçut la*

*plainte, il m'envoya un SMS : « Je comprends ton ressentiment, mais il ne fallait pas m'attaquer en retour. Je te conseille de quitter la région, sinon tes agresseurs ne seront pas les seuls à te rechercher pour te dire ce qu'ils pensent de toi. »* J'ai immédiatement montré ce texto à la police, j'ai déposé plainte une nouvelle fois, et le lendemain à l'aube je suis montée dans un TGV pour Paris. Lorsque je suis arrivée à Paris, au début du week-end du 1$^{er}$ Mai, cela faisait trois mois jour pour jour que j'avais perdu mon bébé.*

Émilie s'était plongée dans son récit et revivait les événements au fil des mots qui sortaient d'elle. La peur, la douleur, la souffrance terrible, le désespoir, cet abîme sans fond qui l'avait engloutie et plongée dans une sorte de léthargie émotionnelle dont elle n'était finalement pas sortie... jusqu'à ce qu'elle rencontrât Malik. Lorsqu'elle eut terminé, elle remarqua qu'elle était blottie dans les bras de son compagnon. Des larmes roulaient doucement sur ses joues. Elle se sentait mieux maintenant. Elle avait retiré une partie du poids qui étouffait son cœur et son corps.

Le silence de la nuit les enveloppa plusieurs minutes. Les deux malfrats ne les avaient pas retrouvés. Malik s'écarta lentement et déclara :

— Bon, il va falloir nous débarrasser des deux abrutis de la boîte et aller voir ce Maxime. Il te lâchera pas, ni moi, par ricochet.

Ces mots ancrés dans le présent et tournés vers l'avenir heurtèrent Émilie. Elle aurait aimé entendre un peu de commisération de sa part, avant qu'il ne lui rappelât l'oppressante présence de ces agresseurs dans le secteur. Quelques mots doux soufflés à son oreille pour alléger sa peine, quelques minutes de caresses supplémentaires dans l'obscurité pour soulager son corps lui auraient apporté tellement de réconfort dans cette épreuve ravivée ce soir ! Émilie soupira. Peut-être Malik n'était-il tout simplement pas à l'aise pour exprimer les mots de la compassion... Elle lui accorda :

— Oui, tu as raison, je sens que je n'ai pas le choix. La police s'en fout, mais je ne peux pas t'impliquer là-dedans. Je partirai lundi, seule, pour le voir et régler cela une bonne fois pour toute.

— Non, je t'accompagnerai. J'ai pris certaines dispositions par rapport au boulot. Et puis, je te l'ai dit. Je veux plus que tu me manques. Et là, désolé, mais j'ai pas non plus envie de te perdre. Et puis... je sais pas comment te dire... tu vois, la perte de mon père, celle de ma mère et de mon frère. Bon, j'ai des amis, des potes. Mais... c'est pas pareil.

— Oh... souffla-t-elle attristée. Tu as perdu ta mère et ton frère ? Je suis vraiment navrée... Que s'est-il passé ? Ça remonte à quand ?

— Tu as dû les voir sur la photo dans l'entrée de mon appartement. J'ai perdu mon frère. C'est con comme expression, perdre quelqu'un... c'est pas comme perdre ses papiers, perdre au jeu... Putain ! ça n'a rien avoir. On perd pas les gens, c'est la vie qui vous les arrache...

Malik s'effondra, alors qu'il aurait dû être fort pour Émilie. Elle qui le connaissait volontaire, décidé, voire plutôt froid, découvrit l'homme qu'il cachait au fond de lui. Elle fut déçue de le voir ainsi attirer à lui la couverture des émotions. Certes, qu'elle lui racontât son malheur avait réveillé des souvenirs douloureux en lui, mais il manquait cruellement de tact e balayant la misère d'Émilie avec la sienne. Il se calma au prix d'efforts intenses. D'une voix froide et détachée, presque inquiétante, il lui raconta comment il avait perdu son frère, puis sa mère[10]. Il déchargea sa souffrance sur sa compagne, qui saisissait parfaitement ce qu'il pouvait ressentir. Certes, perdre des parents était affligeant, perdre un frère était accablant, et elle était sincèrement désolée pour lui. Mais avait-il mesuré ce qu'elle éprouvait suite à la perte de son

---

[10] Pour en savoir plus, lire *Comptes à rebours : Malik*, selon Fred Daviken.

bébé ? Un homme était-il capable de seulement appréhender ce que pouvait ressentir une mère à laquelle on arrachait son enfant, cette part si intime de sa vie ? Ce soir-là, Émilie comprit que non. Elle comprit que la douleur funeste qu'elle ressentait jusque dans ses entrailles ne serait jamais que son propre fardeau.

Elle pressa les mains de Malik dans les siennes pour lui faire comprendre qu'elle le soutenait, qu'elle entendait son histoire. Et, de fait, écouter Malik lui avait permis de se détourner un temps de son propre deuil. Elle se concentra pour quitter ses pensées et saisir l'essentiel de son récit : à dix-huit ans, alors qu'il encadrait des jeunes dans une colonie de vacances, dont son frère Michaël, celui-ci avait été mortellement poignardé par un autre adolescent. L'accident n'était pas la thèse que retenait Malik, étant donné que le coupable n'avait manifesté aucun remords. La mère de Malik ne s'était jamais remise de la perte de son fils. Elle contracta une maladie rare et, en quelques semaines, elle s'éteignit.

Profondément éprouvé par ces souvenirs, Malik termina d'une voix rauque :

— Voilà, Émilie, tu voulais savoir, tu sais... Nous avons tous des trucs qui nous construisent ou nous pourrissent. On fait comme on peut pour s'endurcir, pour faire face, pour continuer, sans pour autant se trouver des excuses pour faire n'importe quoi. Chaque fois que je fais un choix, je me pose juste deux questions : qu'est-ce qui est le mieux pour moi et est-ce que maman et Michaël comprendraient ce choix ?

Malgré son amertume, Émilie fut touchée par tant de révélations intimes. Elle se doutait qu'il n'avait pas dû être facile pour Malik de se livrer ainsi, de briser la carapace qui lui permettait de se tenir à distance des autres, de ne pas devoir leur livrer un passé qui le rendait vulnérable... Elle serra un peu plus sa main dans la sienne et lui dit tendrement :

— Je comprends mieux maintenant d'où te vient cette profonde tristesse que j'ai ressentie depuis le début. Je la ressentais aussi dans ton appartement. Trop sobre, impersonnel... Pas de chaleur. Comme une protection pour que tout glisse autour de toi sans t'atteindre. Je suis tellement peinée pour toi... Oh... Malik... Oui, accompagne-moi, je ne veux pas te perdre non plus.

Tout en prononçant ces mots, elle n'était plus certaine de les penser profondément. En dépit de ses désillusions, elle se pencha vers lui et déposa un baiser sur ses lèvres. Il l'enlaça, soulagé.

Peu après, elle s'écarta un peu et se souvint de la façon dont il était intervenu pour la sauver de ses agresseurs. Malik lui expliqua qu'il avait pratiqué boxe et judo quand il était enfant, mais qu'il avait quasiment tout appris à l'armée. Il n'avait cependant pas fait son service militaire, qui n'existait plus depuis plusieurs années. Après ses études, il avait ressenti le besoin de se prouver autre chose, aussi avait-il signé un contrat de cinq ans chez les hussards, à Sourdun, près de Provins, en Seine-et-Marne. Il était parti au bout de quatre ans et avait rapidement trouvé du travail, dans l'entreprise Lebossu, dans la division des « systèmes de communication ». Émilie et lui travaillaient tous deux dans l'information, même s'ils la traitaient différemment.

Au bout d'un certain temps, les environs demeurant calmes, Émilie et Malik décidèrent de rentrer. Ils avaient besoin de se reposer avant de préparer une quelconque expédition punitive.

# 4

La Mazda sortit du chemin cahoteux et roula sur le bitume reposant. Émilie jeta un bref coup d'œil à Malik, concentré sur la route et ses alentours. Apaisée, elle se cala dans son siège et ferma les paupières, épuisée. Des images défilèrent devant ses yeux. Elle se revit frappée en cette nuit d'accident, pliée de douleur, le sang coulant entre ses jambes..., le visage fermé de Maxime qui tentait de se déculpabiliser en lui reprochant son silence à propos du bébé..., un Maxime diabolique en train de rire, puis lui jetant un regard glacial, menaçant, avant de tendre vers elle une main oppressante...

— Em'... Réveille-toi. Nous sommes arrivés.

La main de Malik sur son bras et le baiser sur sa joue la sortirent de ses cauchemars. Elle s'excusa de s'être assoupie. Malik balaya ce détail sans importance avec un sourire, avant de redevenir sérieux :

— Bon, je vais te déposer et aller garer la voiture plus loin. Même si je n'ai rien vu sur le chemin, il serait logique qu'ils essaient de nous retrouver. Ce sont des pros, ils ne vont pas courir le risque que nous nous organisions pour fuir. Donc tu rentres, tu fermes à clef. Tu laisses la véranda ouverte à l'arrière de la maison, que je puisse te rejoindre. Ensuite, tu prends un couteau et tu vas dans ta chambre.

Un frisson parcourut l'échine de la jeune femme. Elle n'avait aucune envie de se retrouver seule, ne fût-ce que quelques minutes. Elle jeta un rapide coup d'œil au-dehors et n'aperçut aucune Audi blanche. Elle n'en fut pas rassurée pour autant.

— Mais, Malik, je veux rester avec toi... objecta-t-elle, des tremblements dans la voix.

Il lui assura n'en avoir pas pour longtemps, que tout se passerait bien. Elle comprit qu'il n'était plus temps de discuter son plan et les précautions qu'il avait décidé de prendre pour eux. Elle n'insista pas. Elle sortit de la voiture, poussa le portail du jardin et pénétra dans l'allée. Elle se retourna et vit Malik, au volant, le visage fermé, déjà prêt à s'en aller. Il démarra sans un regard vers elle.

    À la fois déçue et stressée, elle accéléra le pas et s'engouffra en toute hâte dans la maison, qu'elle referma soigneusement à clef. Là, elle poussa un soupir. Son cœur battait la chamade. Elle n'alluma aucune lumière de peur d'attirer l'attention de ceux qui rôdaient certainement à leur recherche. Elle tira son Smartphone de sa poche, en alluma la lampe torche et s'assura d'un mouvement circulaire que les lieux étaient dépourvus de danger. D'un pas vif, elle se dirigea vers la cuisine et ouvrit le tiroir des ustensiles. Sa main hésita une seconde entre deux lames. Elle choisit finalement le couteau à viande, particulièrement aiguisé. La main droite crispée sur le manche et la gauche dirigeant le faisceau lumineux du téléphone, elle se rendit dans le salon. Parvenue devant la porte-fenêtre, la jeune femme marqua un temps d'arrêt. Elle éteignit la lampe d'un doigt sur l'écran tactile et rangea le téléphone dans sa poche, tout en scrutant le jardin à la recherche d'une ombre anormale. Tranquillisée, elle débloqua le loquet et entrouvrit la baie d'un centimètre. Elle recula de quelques pas sans quitter le jardin des yeux, à l'affût. Son instinct lui soufflait la méfiance. Peut-être se trompait-elle... L'endroit était tout aussi paisible que d'habitude. Elle se détourna.

    Au bout de trois pas, elle entendit le glissement étouffé de la baie sur son rail. Elle se figea, surprise que Malik soit déjà de retour alors qu'elle ne l'avait pas vu passer par la haie. Elle se retourna vivement. Une ombre impressionnante lui masquait la lueur de la lune. Ce n'était pas Malik. Paniquée, elle poussa un cri de frayeur et s'élança aussitôt vers l'escalier. Le colosse l'y poursuivit. Ne connaissant pas les lieux, il heurta le bord d'un meuble dans l'obscurité. Un vase se brisa dans un éclatement de verre et des éclaboussures. Un juron s'éleva. Au même moment, Émilie, courant vers l'escalier, glissa sur le tapis posé au pied de la première marche. Elle se rattrapa de justesse à la balustrade. Elle grimpa l'escalier quatre à quatre jusqu'à l'étage, sans lâcher son couteau. Elle entendit derrière elle la masse qui la suivait, frappant lourdement des pieds sur les marches au rythme de sa course. Elle n'avait que quelques secondes d'avance. L'adrénaline lui donnait des ailes. Elle pénétra en coup de vent dans la chambre de sa tante, située juste en face de l'escalier, et en claqua la porte, dont elle tourna immédiatement la petite clef, habituellement plus décorative qu'utile. Un choc d'une violence impressionnante fit trembler les gonds. Émilie hoqueta de surprise. Haletante, elle recula vers le fond de la pièce.

— Salope ! Tu crois que tu vas m'arrêter avec une porte ? hurla le type, furieux.

Un choc encore plus puissant secoua le battant, qui commença à craquer. Émilie sut que la prochaine fois serait la bonne. Elle brandit son couteau fermement, se campa sur ses jambes et scruta rapidement la pièce. Pas d'issue, aucune façon de se défendre... La porte vola en éclats. L'agresseur jaillit dans la pièce, tout déséquilibré par la chute du pan de bois, mais il se redressa aussitôt. Il aperçut Émilie et s'élança sur elle en un bond. Elle inspira un grand coup, se baissa légèrement pour éviter d'être agrippée par les bras tendus, et se jeta sur lui, l'arme en avant, pointée vers le haut.

Émilie poussa un cri sous le choc de leurs deux corps. Elle sentit la lame pénétrer presque sans difficulté dans le torse de son assaillant. L'homme fut surpris autant par l'attaque imprévue d'Émilie, qu'il croyait suffisamment apeurée pour ne pas lui opposer la moindre résistance, que par la douleur fulgurante qui lui transperça la poitrine. Dans l'élan, il s'écroula sur elle. Le choc assomma presque la jeune femme. L'homme se releva et considéra, hébété, le manche qui seul dépassait de son torse. Le sang suintait déjà autour de la lame. Elle l'avait eu en plein cœur...

Émilie se ressaisit rapidement et leva la tête vers son agresseur. Elle vit le sang, la position du couteau, et comprit qu'elle avait peut-être une chance de s'en sortir. Le cœur battant, à quatre pattes, elle s'écarta de quelques mètres. Sans aucun doute, le malabar allait réagir. Au lieu de cela, il tomba à genoux. Il extirpa difficilement le couteau de son torse. Un flot de sang jaillit aussitôt de la plaie béante, par vagues successives. Le liquide épais se répandit sur l'homme, sur les bords du lit et le linoléum imitation parquet. Vaincu, Viggo s'écroula sur le côté.

La respiration d'Émilie s'arrêta net. Elle tendit tous ses sens en direction de l'homme mortellement abattu, dans l'attente d'un dénouement quelconque. Leurs regards se croisèrent. Dans les yeux du mourant, la colère succéda à la stupeur ; puis passa la tristesse, et enfin, étrangement, la peur. Un voile vint ternir ce regard en même temps que cessa sa respiration. Émilie resta figée quelques secondes, choquée. Il était mort. Elle était vivante et sauve... et il était mort. Elle venait de tuer un homme. Elle soupira de soulagement, mais ne bougea pas pour autant. Elle ne parvenait pas à détacher son regard du cadavre. Elle ne parvenait pas à s'extraire de la réalité de l'horreur qui baignait la pièce.

Au bout d'un temps qu'elle n'aurait su estimer, elle vit une silhouette s'agenouiller auprès d'elle. L'odeur désormais familière de Malik lui parvint et elle cligna des yeux. Il lui parlait, mais elle ne comprenait que la moitié des mots... « C'est fini »... Malik semblait lui dire qu'il n'y avait plus de danger. Plus de danger... ? Ce cadavre était pourtant bien là, lui... Émilie aurait voulu fermer les yeux et les rouvrir sur une chambre vide. Elle aurait voulu qu'en un battement de cils le corps disparaisse, que tout ce rouge sombre s'efface, que rien de tout cela ne soit arrivé.

Elle se sentit prise en main par Malik et fit l'effort de se redresser. Ses jambes tremblaient. Elle allait s'écrouler quand son compagnon la souleva dans ses bras pour l'emporter à la salle de bains.

Assise sur le sol glacé de la petite pièce, elle le vit s'affairer à préparer un bain et à la déshabiller. Le bruit apaisant de l'eau, les gestes précis et tendres de Malik lui touchèrent le cœur comme un électrochoc. Des larmes coulèrent alors le long de ses joues.

Des sirènes résonnèrent dans le lointain. Le bruit lui apparut étouffé, comme irréel. Son esprit lui jouait certainement des tours. Il éclatait en morceaux après le drame qui venait de se jouer.

Aidée par Malik, Émilie pénétra dans l'eau. La température fraîche lui pinça les jambes, mais elle se laissa tout de même glisser dans l'onde. Malik l'arrosa doucement d'eau chaude, ce qui la fit soupirer de soulagement, puis de nouveau d'eau fraîche, qui la fit sursauter. Elle prit peu à peu réellement conscience du décor autour d'elle. Elle parvint à détacher un peu son esprit de l'obsession du cadavre étendu dans la pièce d'à côté. Elle sentit le corps rassurant de Malik glisser derrière elle, ses mains lui masser les épaules... Elle ferma les yeux et se concentra sur ces gestes, sur les sensations bienfaisantes qui naissaient dans ses épaules sous les caresses. Elle vibra de nouveau sous les mains qui glissèrent le long de sa poitrine, sur son ventre, avant de revenir à ses épaules. Elle reçut avec reconnaissance le baiser de Malik et les mots dont il l'enveloppa avec amour. Elle se laissa aller contre son torse, s'accrocha à ses bras autant qu'à sa voix et émergea de l'abîme dans lequel elle avait sombré. Ils restèrent de longues minutes ainsi enlacés, à échanger caresses et baisers, isolés dans leur bulle. Ils s'éloignèrent enfin des lieux maudits et trouvèrent refuge dans la chambre d'Émilie.

À l'abri des couvertures, réchauffée par le corps de Malik et la certitude que cet amour lui assurait sa protection, Émilie s'endormit.

Quelques heures plus tard, alors que le soleil entamait sa course quotidienne, Malik servait un café allongé à Émilie. La nuit avait été courte mais profonde. Le stress dû à la présence d'un cadavre à quelques mètres d'elle l'avait tirée du sommeil. Le visage posé sur une main, elle observait, captivée, la surface du liquide noir fumant dans sa tasse. L'image du mort ensanglanté ne cessait de lui revenir par flashs. La nuit ne l'avait pas fait disparaître, hélas.

Malik s'installa en face d'elle et déclara :

— Il faut que je te dise quelque chose...

Elle leva les yeux et s'obligea à chasser les ombres de son esprit pour se concentrer sur son compagnon.

— Les sirènes... c'est une voiture qui a brûlé cette nuit. C'est l'Audi... C'est moi qui ai mis le feu. Quand je suis revenu après t'avoir déposée et avoir garé ma voiture un peu plus loin, j'ai aperçu l'un des types, le plus petit, dans l'Audi garée à deux ou trois maisons d'ici. Je l'ai tué.[11] J'ai fouillé la voiture vite fait et j'ai trouvé des flingues et un dossier. Dans le dossier, une photo... toi et un gars... Maxime. Je l'ai tout de suite reconnu ! C'était le même, en plus âgé, que le petit salopard que je soupçonnais d'avoir assassiné mon frère.

Un silence ponctua cette révélation. Émilie fut pétrifiée par l'ironie du destin. Malik poursuivit :

— Il faut pas qu'on perde de temps. Les flics vont faire une enquête de voisinage. Il faut qu'on se débarrasse du corps là-haut, précisa-t-il en levant les yeux en direction de l'étage, et qu'on nettoie tout avant que ta tante revienne.

Émilie hocha la tête en signe d'acquiescement. Se débarrasser du corps... comment ? Tout nettoyer allait être une entreprise longue et peu ragoûtante, mais ce serait plus « facile » que de faire disparaître un cadavre.

La sonnette de la porte d'entrée retentit à travers la maison.

— P'tain, ça doit être les flics, jura Malik.

— J'y vais. Reste-là, personne ne sait que tu es ici, vu que tu m'as déposée cette nuit. Je vais répondre seule.

Émilie se leva et quitta la cuisine, dont elle ferma la porte. Elle jeta un coup d'œil autour, pour vérifier si tout était en

---

[11] Pour en savoir plus, lire *Comptes à rebours : Malik,* selon Fred Daviken.

ordre. Elle remarqua alors le tapis de travers au bas de l'escalier. D'un geste du pied rapide et expert, elle le replaça correctement. Elle soupira pour se calmer et alla ouvrir.

— Oui ? demanda-t-elle.

De l'autre côté de la porte entrebâillée, un policier fut agréablement surpris par l'apparition devant ses yeux. De longs cheveux bruns tombaient en cascade sur un corps svelte seulement couvert d'un long T-shirt de nuit. Il se demanda si elle portait une culotte en-dessous, puis se ressaisit. Émilie fut amusée par le regard qu'il posait sur elle.

— Pardonnez-moi... de vous déranger un dimanche matin, commença-t-il en se raclant la gorge. Nous enquêtons sur l'incendie de voiture qui a eu lieu dans votre rue cette nuit.

— Ah ? Une voiture a brûlé ? demanda-t-elle d'un air étonné en se penchant au-dehors pour tenter de voir quelque chose.

— Oui. Mais vous ne verrez rien d'ici, la voiture est plus loin. Vous n'avez rien entendu ?

— Je dormais... Désolée... répondit-elle, apparemment navrée de ne pouvoir l'aider davantage.

— Vous habitez ici ?

— Je suis hébergée par ma tante. Elle s'est absentée pour le week-end, elle est allée participer à un concours d'équitation à La Boissière-des-Landes.

— Très bien, fit le policier en prenant des notes. Votre nom ?

— Émilie Millet.

Il griffonna l'information, la remercia, s'excusa de l'avoir dérangée un dimanche et s'éclipsa, non sans avoir jeté un coup d'œil par-dessus l'épaule de la jeune femme. Il n'aperçut hélas qu'une partie d'un escalier vide et une porte close. Émilie le salua et referma derrière elle. À travers la fenêtre du vestibule, elle le vit se diriger vers la maison suivante et interroger les voisins à leur tour. Elle revint auprès de Malik, qui n'avait rien perdu de la brève conversation. Ils échangèrent un sourire, complices.

Une fois le petit déjeuner terminé et après un rapide passage dans la salle de bains, ils se retrouvèrent debout à l'entrée de la chambre de Sandra. Ils considérèrent le corps en silence. Il n'y avait pas cinquante solutions s'ils voulaient mener à bien l'une ou l'autre de leurs entreprises : il fallait qu'ils le descendent au rez-de-chaussée. Contrairement à Dexter[12], Sandra ne possédait pas le matériel nécessaire à un tel projet. Il allait d'abord falloir nettoyer le sang autour du corps avant de le bouger, afin de ne pas en étaler à travers toute la maison. Ils s'équipèrent de bassines et de serpillières, remplirent les récipients d'eau froide, se protégèrent à l'aide de tabliers dénichés dans la cuisine, et s'accroupirent près des flaques en soupirant. Le sang était visqueux et épais. Émilie avait l'impression de manipuler de la boue gluante à travers ses gants. Elle observa Malik, qui opérait de son côté avec application. Elle s'encouragea d'un « Allez, zou ! » et exécuta les mêmes gestes. Chacun leur tour, ils allaient vider leurs bassines dans la baignoire, les rincer, les remplir de nouveau. Ce manège dura deux bonnes heures. Malik fit preuve de minutie jusque dans les moindres reliefs des meubles éclaboussés. Ils débarrassèrent le lit des draps, dans lesquels ils roulèrent le corps. Ils placèrent le tout de sorte qu'un grand pan de tissu propre se retrouve entre le sol et le cadavre. Cela leur permettrait de faire glisser le tout sur le sol sans traîner de sang dans leur sillage.

Avant toute chose, Émilie alla retirer le moindre obstacle de leur passage : tapis, petit meuble importun... Une fois le trajet dégagé, elle remonta à l'étage. Chacun placé à une extrémité du mort, ils saisirent le rouleau de tissus qu'ils avaient formé

---

[12] *Dexter* est une série télévisée américaine, diffusée de 2006 à 2013 aux États-Unis, et à partir de 2010 en France (2007 sur Canal +). C'est l'histoire d'un tueur en série qui ne tue que les criminels qui ont échappé à la justice et dissimule ses activités grâce à son travail au sein de la police, en étant expert en médecine légale.

et tentèrent de le soulever. Il pesait un âne mort. Il serait plus facile pour eux de le traîner. Arrivés devant l'escalier, Malik prit la tête du macabre cortège, descendit quelques marches et saisit les draps. Émilie les attrapa à son tour pour retenir le tout en cas de glissade impromptue. Ainsi, tantôt tirant et tantôt retenant, ils descendirent l'escalier de façon efficace. Ils traînèrent ensuite leur paquet jusqu'à la baie vitrée. D'un coup d'œil, Émilie s'assura qu'il ne serait pas visible de l'extérieur et, pour plus de tranquillité, elle ferma l'un des rideaux. Elle s'employa ensuite à remettre le salon en ordre. Lorsqu'elle rejoignit Malik, elle le trouva de nouveau agenouillé, en train de nettoyer le sang qui s'étalait encore en volume important là où le corps s'était trouvé quelques minutes plus tôt, mais aussi là où s'était traînée Émilie après avoir asséné son coup fatal.

— C'est incroyable... lâcha-t-elle découragée.
— Quoi donc ? demanda Malik en relevant la tête. Tout ce sang ?
— Oui...
— Tu l'as pas loupé, faut dire. T'as visé en plein dans la pompe.
— Je n'ai rien visé du tout... Enfin si, peut-être, mais je ne pensais pas y arriver.

Émilie se surprit à être fière de son geste, à être fière d'avoir vaincu sa peur, à être fière d'avoir défendu avec succès sa propre vie. Ça avait été lui ou elle ; il n'y avait pas eu à réfléchir, finalement. Rassérénée, elle considéra la pièce, qui commençait tout de même à ne plus ressembler à un abattoir, et elle se remit au nettoyage. Peu après midi, la chambre brillait de propreté. Émilie en fut soulagée. Ils jetèrent les serpillières et les tabliers souillés dans les bassines et les laissèrent dans un coin de la salle de bains. Il serait bien temps de s'en occuper plus tard. Ils prirent leur douche ensemble. La tension des derniers événements semblait avoir un effet aphrodisiaque sur Malik, alors qu'Émilie restait encore quelque peu perdue dans la brume, comme si son esprit ne saisissait toujours pas vraiment la réalité. Après lui avoir frotté le dos, Malik l'obligea à lui faire face et s'agenouilla devant elle. Elle sentit des doigts jouer un instant entre ses cuisses. Adossée contre le mur dont le contact glacé la fit à peine tressaillir, elle ferma les paupières et, alors qu'une langue aventureuse remplaçait deux mains, elle se laissa bercer par d'autres audacieuses caresses. Le plaisir... seul lien tangible avec le réel.

Ils furent incapables de faire l'amour, cependant, tant la présence du cadavre occupait leurs esprits. Ils descendirent déjeuner peu après. Sandra allait rentrer en fin de journée... Émilie se demandait comment elle allait annoncer à sa tante qu'un homme gisait dans son salon. Certes, comme promis, elle n'avait encore rien brûlé ni scié...

# 3

Lorsque Sandra revint, peu après 18 h 30, la rue était barrée. Elle dut contourner le lotissement pour rentrer chez elle, après avoir décliné son identité auprès des policiers encore sur place. Elle se gara dans l'allée, inquiète qu'une voiture ait été brûlée dans son quartier si tranquille depuis qu'elle s'y était installée. Émilie la vit arriver par la fenêtre. Elle se précipita pour l'accueillir dès que la porte d'entrée s'ouvrit. Il ne fallait pas que Sandra voie le corps tout de suite ; pas avant d'avoir écouté le récit des événements.

— Coucou Sandra ! s'exclama-t-elle en l'embrassant le plus chaleureusement possible pour masquer l'appréhension qui montait en elle.

Avant que sa tante n'ait pu répondre, Émilie la prit par la main et l'entraîna vers la cuisine.

— Il faut que je te présente quelqu'un.

Dès qu'elles entrèrent dans la pièce, Malik s'avança et tendit la main.

— Voici Malik, l'ami dont je t'ai parlé l'autre jour.

Sandra lui saisit la main et ils se saluèrent d'un « Bonsoir » convenu. Le jeune homme dégageait une prestance typée tout à fait séduisante. Sandra détourna le regard, étonnée par le comportement fébrile de sa nièce. Après trois jours mouvementés et passionnants aux Jaulinières, elle aurait avant tout aimé se mettre à l'aise et se reposer. Il était vrai qu'elle devait maintenant composer avec la présence d'Émilie et ne pouvait plus mener une vie d'anachorète.

— Assieds-toi, que je te serve quelque chose à boire, lui dit gentiment Émilie tout en s'affairant.

Sandra considéra Malik, qui hocha la tête pour lui signifier qu'elle pouvait s'installer. Un inquiétant pressentiment s'insinua dans l'esprit de Sandra. Elle connaissait sa nièce comme quelqu'un de prévenant et d'attentionné, cependant, il y avait quelque chose de suspect dans son manège. Émilie apporta trois tasses et proposa du thé ou du café. Sandra accepta le thé.

— Le dîner est presque prêt, tu n'auras rien à faire, poursuivit Émilie sur un ton enjoué un peu exagéré.

Enfin, la jeune femme s'installa à table entre Malik et sa tante. Un silence lourd tomba sur eux telle une chape de plomb. Émilie considéra son thé fumant. Elle y chercha courage et inspiration. Sandra les regarda tour à tour et décida de rompre le silence :

— Vous avez passé un bon week-end, tous les deux ?

Cette question légère fit soupirer Émilie, qui leva les yeux vers Sandra :

— Sandra, il faut que je te dise... Je ne sais pas par où commencer... Hier on est allés en boîte, au Saphir... Tu te souviens de la lettre de Maxime ? Les documents qu'il voulait récupérer ? Il a envoyé deux types à ma recherche et...

Le cœur d'Émilie battait la chamade. Au fil de son récit, alors que sa voix posait des mots sur le déroulement des événements, elle parvint à mettre de l'ordre dans sa tête. Les battements de son cœur ralentirent, tandis qu'elle déculpabilisait quelque peu. Sandra écouta, de plus en plus écrasée par le poids du désastre qui s'abattait sur sa demeure. Elle ne toucha pas à son thé. Malik conserva un silence prudent.

— Il est... dans le salon, contre la baie vitrée, termina Émilie dans un souffle.

Un nouveau et long silence s'ensuivit. Sandra passa une main sur son front, puis sur ses lèvres avant de lâcher :

— Putain... c'est pas possible...

Sandra ne jurait quasiment jamais. Ce laisser-aller traduisait son état de sidération. Ni Émilie ni Malik ne pipèrent mot. Sandra se leva en faisant crisser les pieds de la chaise sur le carrelage et quitta la cuisine. Le couple échangea un regard inquiet.

— Tu crois que... ?

— Elle ne fera rien contre nous. Elle ne nous dénoncera pas, si c'est ça qui t'inquiète, rassura Émilie.

Sandra avança prudemment à travers le salon, comme si un fantôme allait surgir à tout moment devant elle, puis elle l'aperçut. Le rouleau de draps se trouvait bien contre la vitre, maculé de sang. Une main sur la bouche pour retenir un cri, elle parvint jusqu'au cadavre et s'accroupit. Elle tendit le bras, hésita, puis posa la main sur la couverture. Il y avait bien un corps là-dessous. Nul besoin de le voir pour le savoir. Elle se releva brusquement et se précipita aux toilettes, où elle vomit.
Lorsqu'elle revint dans la cuisine, après s'être rafraîchie, Émilie et Malik l'attendaient en silence.
— On va l'enterrer sous le massif de roses que j'ai refait jeudi, proposa-t-elle sans hésitation d'une voix glaciale. On le fera ce soir dès que la nuit sera tombée. Personne ne nous verra là où il est. J'ai deux pelles. Nous devrions nous en sortir en nous relayant.
Elle attrapa sa tasse et alla la vider dans l'évier. Elle se servit du café et l'avala d'une traite. Elle tourna ensuite les talons. Émilie et Malik l'entendirent retirer ses chaussures, attraper ses valises et monter à l'étage. La chambre était restée aérée tout l'après-midi ; l'odeur d'eau de Javel devait s'être estompée. Seule la porte fracassée, que Malik et Émilie avaient dégondée et posée contre un mur, témoignait de l'agression. Bientôt l'eau coula dans la salle de bains. Malik saisit la main d'Émilie, mais aucun son ne sortit de sa bouche. Elle-même n'avait plus les mots. Un homme était mort, personne ne pouvait pour l'instant remonter jusqu'à la maison de Sandra, et celle-ci avait proposé de l'enterrer dans son jardin. Que dire de plus ? Rien.

Tous trois dînèrent dans un état second, sans échanger d'autres mots que « Passe-moi le sel » ou « Merci », dans l'attente du coucher du soleil. Lorsqu'enfin régna la nuit, Sandra alla chercher bottes et pelles dans son garage. Émilie ouvrit le rideau, fit glisser la baie vitrée et enjamba le corps. Unissant leurs forces, ils purent cette fois, à trois, soulever le mastodonte et le transporter cahin-caha à proximité du massif de fleurs. Les deux femmes déplantèrent les rosiers avec délicatesse. Elles les entreposèrent contre la haie un peu plus loin. Malik et Sandra donnèrent les premiers coups de pelle. Ils œuvraient à tour de rôle, en silence, en faisant le moins de bruit possible dans la nuit calme. Au bout de deux heures, ils avaient creusé un trou de plus d'un mètre de profondeur sur un mètre cinquante. Réunis autour du rouleau de tissu, ils marquèrent un instant de silence, presque de recueillement. Sans s'être concertés, ils se baissèrent dans un même mouvement et déroulèrent les draps. Émilie tint à ce que le cadavre reste enroulé dans la dernière étoffe. Elle ne voulait pas le revoir, encore moins le toucher. Sandra accepta de perdre l'un de ses draps, qu'elle n'aurait de toute façon jamais réutilisé. Ils empoignèrent le corps et le jetèrent du mieux qu'ils purent dans la tombe. Sans perdre de temps, ils reprirent les pelles et rebouchèrent le trou. Chaque pelletée jetée sur le linceul soulageait un peu plus Émilie. Son cauchemar disparaissait peu à peu de sa vue. Le fait de l'enterrer l'apaisait quelque peu. Sandra, quant à elle, n'en revenait pas d'agir ainsi. Elle se rendait complice du crime de sa nièce, même si elle savait bien que celle-ci n'avait fait que se défendre. Chaque motte de terre tombant sur le drap dans un bruit mat alourdissait un peu plus le poids de sa culpabilité.

Enfin, Sandra et Émilie replantèrent les rosiers avec soin, tandis que Malik passait un coup de râteau sur l'herbe pour regrouper toute la terre éparpillée autour du massif, qui témoignait de gros travaux. Enfin, Sandra leur demanda d'aller ranger le matériel pendant qu'elle arroserait les plantes secouées par tout ce chamboulement.

Une fois qu'elle se fut assurée que ses rosiers allaient bien, Sandra rentra dans la maison et referma la baie vitrée. Elle resta quelques minutes là, immobile, à contempler son jardin. Elle savait qu'elle n'avait pas proposé la bonne solution à sa nièce. Elle savait qu'il aurait fallu appeler la police et tout raconter, d'autant qu'Émilie était victime... mais pas Malik. Qu'en avait-elle à foutre, de ce type, au fond ? se demanda-t-elle dans une seconde de colère. Tout. Émilie en était amoureuse. Elle ne pouvait pas rendre sa nièce malheureuse en dénonçant Malik. Et puis elle avait lu en eux, dans les regards qu'ils avaient posés sur elle à la fin du récit, une inquiétante détermination. Elle craignait qu'ils n'aient déjà envisagé d'aller rendre à Maxime la visite peu amicale que celui-ci avait promise à Émilie quelques jours plus tôt... Sandra soupira et se détourna de la nuit. Elle entendait l'eau de la douche couler à l'étage. Il était temps qu'elle aille se nettoyer elle aussi.

 Sandra, après avoir retiré ses bottes, monta les marches en silence. Elle écoutait les murmures qu'échangeaient les amants. Elle se lamenta intérieurement. Il y avait bien longtemps qu'aucun homme n'avait pénétré sous sa douche... ni en aucun autre endroit, d'ailleurs. Elle se déshabilla lentement et posa chaque vêtement sur la vieille malle au pied du lit. Elle entendit le couple sortir de la salle de bains et gagner la chambre d'Émilie. À son tour elle alla se laver. Revenue peu après dans sa chambre, elle resta assise sur le bord de son lit, nue. Parviendrait-elle à dormir dans cette pièce où un léger effluve d'eau de Javel trahissait la mort récente d'un homme ? Certainement pas. Pourrait-elle rester dans une maison où pourrissait un cadavre à quelques mètres à peine ? Ce serait difficile... Un frisson désagréable la fit tressaillir. Elle se redressa d'un bond, se dirigea vers son armoire et y chercha de quoi se vêtir afin de se protéger autant de la fraîcheur nocturne que de l'impression désagréable d'être épiée par un fantôme.

 De son côté, Émilie, allongée en nuisette dans les bras de Malik, repensait à l'amour qu'ils venaient de faire dans la douche. Alors qu'elle n'avait pas la tête à ça, Malik s'y était pris d'une façon qui avait fait tomber ses réticences premières. Ils avaient partagé un amour urgent, sauvage. Finalement, le sexe était un moyen très sain d'évacuer les tensions. Ses pensées allèrent ensuite à sa tante. Émilie se sentit mal à l'aise vis-à-vis d'elle...

— Il faut que j'aille lui parler, dit-elle à Malik.

Elle se leva et quitta la pièce dans un froissement d'étoffe légère. Arrivée à l'entrée de la chambre de Sandra, elle vit cette dernière debout à sa fenêtre, lui tournant le dos, le regard certainement perdu dans le vague en direction du talus de fleurs. Émilie frappa quelques petits coups discrets contre le montant pour s'annoncer. Sandra sursauta et se tourna vers elle. Elles échangèrent un sourire amer.

— Sandra, je voudrais te demander pardon pour cette désolation que je t'ai apportée.

La femme traversa la chambre, prit les mains de sa nièce et la fit s'asseoir à côté d'elle sur le lit.

— Je ne t'en veux pas, la rassura-t-elle. Je suis sonnée que Maxime ait envoyé des assassins pour te tuer. Je suis tellement heureuse, si tu savais, qu'il ne te soit rien arrivé !

Émilie fut soulagée d'entendre ces mots. Elle-même n'avait toujours pas l'impression d'avoir recouvré la conscience de la réalité, tant le cauchemar qu'elle venait de vivre repassait en boucle dans son esprit. Sandra poursuivit :

— Cependant, je ne crois pas que je vais pouvoir continuer à vivre ici. Je ne pourrai d'ailleurs pas dormir dans cette pièce ce soir, déclara-t-elle en considérant le sol, propre, certes, mais qui n'avait plus tout à fait la même teinte qu'auparavant.

— Je comprends. Veux-tu que je te laisse ma chambre ? On ira dormir sur le canapé, avec Malik.

— Non, non, et je ne pourrais pas davantage dormir dans le salon, fit-elle en pensant que l'agresseur était entré par sa baie vitrée. Je vais aller m'installer dans mon bureau. Il y a largement la place pour un matelas, par terre.

— D'accord... Je vais t'aider à l'y emporter, proposa Émilie.

— Merci ma chérie. Et toi, tu vas réussir à dormir ?

Émilie la considéra. Elle ne s'était même pas posé la question. Elle ferma les paupières. Elle se revit recroquevillée contre le mur, haletante, attendant que le colosse, blessé par son couteau, réagisse d'une manière ou d'une autre. Puis elle revit tout le sang se répandre autour de lui... Elle sut que ces images la hanteraient pendant longtemps.

— J'espère... Et puis Malik est là pour me protéger. Il n'arrivera plus rien cette nuit, affirma-t-elle avec sans doute trop de conviction, pour masquer la frayeur qui l'animait encore.

Sandra n'en fut pas dupe et lui pressa les mains. Elle l'attira contre elle et l'enlaça pour la consoler. Émilie ferma les yeux, comme lorsqu'elle était enfant et qu'elle venait chercher un câlin après un gros malheur. À l'époque, c'était le plus souvent auprès de sa mère. Que penserait-elle de tout cela, si elle était encore de ce monde ? Aujourd'hui, le malheur avait une tout autre ampleur. Émilie et Sandra pensèrent toutes deux à l'enquête qui risquerait tôt ou tard de conduire les policiers jusqu'à l'une d'elles... mais aucune ne voulut y songer pour le moment, afin de ne pas s'imposer de charge émotionnelle supplémentaire. Ni l'une ni l'autre n'évoqua ce problème, d'ailleurs.

En silence, elles se levèrent et saisirent le matelas par chaque extrémité. Elles entreprirent de le transporter jusqu'au bureau, où Sandra rangeait tous ses documents administratifs mais où elle s'adonnait aussi à une autre de ses passions après l'équitation : la peinture. Entendant du bruit dans le couloir, Malik les rejoignit et leur donna un coup de main. Bientôt, Sandra se retrouva seule, allongée dans le noir. Elle resta longtemps là, les yeux rivés dans le vide, à se demander comment vivre avec une pareille « présence » dans son jardin.

De son côté, Émilie, blottie dans les bras de Malik, se rendait compte que leur histoire n'était pas qu'une simple passade. Il comptait déjà plus qu'elle ne l'aurait voulu, malgré son côté parfois trop appuyé de mâle dominant. Il était tellement différent de Maxime, dont la haine et la violence semblaient ne plus avoir de limite... Prudemment, elle prit soin de vider son esprit de tous ces tourments pour tenter de rejoindre ses songes. Elle était tellement épuisée qu'elle y parvint bien plus facilement qu'elle ne l'aurait cru.

Le lendemain, Sandra s'éveilla la première et descendit préparer le petit déjeuner. Il était temps pour Émilie et Malik de partir. Émilie composa le numéro de téléphone d'un hôtel à l'autre bout de la France et réserva une chambre pour le soir même. Le week-end étant terminé, cela ne posa aucun problème. Elle rejoignit ensuite Sandra et Malik dans la cuisine. Aucune gêne ne régnait entre eux et Émilie en fut heureuse.

Pendant qu'Émilie achevait de se préparer, Malik repartit discrètement par le trou de la haie récupérer sa MX-5. Il vint se garer devant la maison. Un peu plus tard, une fois quelques bricoles enfermées dans une valise et les armes et documents importants trouvés par Malik dans l'Audi des malfrats confinés dans un sac bien rembourré, les deux plus jeunes embrassèrent Sandra une dernière fois.

— Faites attention, tous les deux, avertit Sandra les larmes aux yeux et la voix tremblante. Ne faites pas de conneries, surtout...

Sa supplique bouleversa Émilie. Elle enlaça sa tante et l'embrassa.

— T'inquiète pas. On sera prudents.

Malik gratifia Sandra d'un rapide baiser sur la joue et lui murmura quelques mots qu'Émilie n'entendit pas.[13] Les amants s'éloignèrent en adressant un signe de la main à la tante, qui le leur rendit discrètement, bien trop émue. Émilie, assise dans la Mazda, lui adressa un dernier baiser au moment où Malik démarrait le moteur. En les voyant disparaître au coin de la rue, Sandra eut un mauvais pressentiment.

---

[13] Pour en savoir plus, lire *Comptes à rebours : Malik*, selon Fred Daviken.

# 2

Sur l'autoroute qui les conduisait vers Bourg-en-Bresse, Émilie songea longtemps à Sandra. À la façon dont elle avait pris la situation en main une fois le choc passé. Au fardeau qu'elle la laissait assumer seule, finalement... Une vague de mauvaise conscience la submergea, mais elle ne voyait pour l'instant guère de solution pour sortir de ce mauvais pas.

Émilie soupira. Partir à la rencontre de Maxime, ou plus exactement à sa recherche, ne serait pas aussi agréable qu'un repas au-dessus de Paris, qu'une balade en bord de mer, ou que des caresses enfiévrées. Elle eut la sensation de se jeter délibérément dans la gueule du loup, alors qu'elle avait tout fait pour le fuir à peine dix jours plus tôt.

Elle se demanda comment ils allaient bien pouvoir retrouver Maxime. Certes, il était possible de se rendre sur le lieu de l'un des rendez-vous mafieux notés sur les pages qu'elle avait retrouvées dans sa valise, mais c'était prendre le risque de tomber nez-à-nez avec des voyous certainement plus aguerris que les deux malfrats qui venaient de laisser leur peau à Challans. Affronter Maxime seul était moins risqué que d'affronter plusieurs types armés dans un endroit isolé. Les deux amants, même s'ils voulaient régler leurs comptes et en finir avec le malsain, tenaient à rester en vie.

La Mazda filait sur l'autoroute au son de la radio. Le paysage défilait sous le regard d'Émilie, qui eut alors la bonne idée de fouiller sur Internet, en quête de la mère de Maxime. Celle-ci pourrait certainement leur indiquer où trouver son fils. Au cours de leurs années de vie commune, Maxime avait rarement parlé de sa mère à Émilie et ne la lui avait même jamais présentée. Tout ce qu'Émilie savait d'elle était qu'elle se nommait Rose Tcharabouchian, qu'elle tenait un petit bar-tabac et qu'elle habitait probablement toujours dans l'Ain.

Maxime devait avoir conservé quelques liens avec sa mère ; cette piste devait être creusée.

Émilie pianota sur l'écran de son Smartphone. La liaison Internet n'était pas des plus performantes sur l'autoroute. L'appareil prit plusieurs minutes avant d'accéder à la requête. Selon lui, trois Rose Tcharabouchian vivaient dans l'Ain. Émilie soupira de soulagement : elle n'aurait pas trop de coups de fil à passer avant de dénicher la bonne personne.

Elle profita d'une pause sur une aire pour commencer son enquête téléphonique. Le premier appel l'amena à converser brièvement avec une vieille dame qui n'avait eu que deux filles. Au second, elle tomba sur une voix plus jeune qui révéla avoir en effet un fils portant ce prénom. Comme Rose semblait très surprise et sur la défensive, Émilie se fit plus précise : « Il est bien né le 21 janvier 1987 à Bourg-en-Bresse ? » À ces mots, Rose confirma de manière certaine. Comme Émilie semblait très inquiète de n'avoir plus aucune nouvelle de son ami, Rose accepta de la rencontrer le lendemain à Bourg. Elle lui donna rendez-vous près de la fontaine de la place Bernard à quinze heures. Satisfaite, Émilie leva le pouce en direction de Malik et lui adressa un clin d'œil. Le jeune homme patientait non loin de là, adossé contre la voiture. Rose demanda comment la reconnaître. Émilie évoqua son sac Mango rose et noir, assez remarquable. La jeune femme raccrocha après la formule de politesse habituelle. Elle revint vers Malik et lui précisa l'heure du rendez-vous. Ils reprirent la route presque aussitôt, ayant encore pas mal de kilomètres à parcourir.

Durant le trajet, Malik évoqua quelques souvenirs de sa formation militaire, plus spécialement à propos du montage épique du fusil FAMAS. Son récit était vivant, Émilie visualisait parfaitement la scène et les soldats aux prises avec la pièce la plus récalcitrante de l'arme, la fameuse « tête de Mickey ». Elle fut impressionnée d'apprendre que son amant avait été un excellent tireur, à l'époque. [14]

---

[14] Pour en savoir plus, lire *Comptes à rebours : Malik,* selon Fred Daviken.

Il leur fallut toute la journée pour arriver au Griffon d'Or, hôtel de Bourg-en-Bresse réservé le matin même par Émilie. Une chambre au décor sobre et moderne les accueillit. Ils dînèrent assez rapidement dans ce trois étoiles au chic ravissant, fatigués qu'ils étaient par le trajet. Rafraîchis et passablement reposés par la douche, ils se lovèrent l'un contre l'autre et se laissèrent aller à un échange charnel tendre, attentionné et... prolongé. Ils tombèrent de sommeil deux heures plus tard.

Des bruits métalliques tirèrent Émilie des bras de Morphée à l'aube. Elle s'étira et posa le regard sur le dos de Malik, assis au petit bureau et penché sur un travail qui requérait tout son intérêt. Elle s'adossa contre son oreiller et demanda :

— Qu'est-ce que tu fais ?

— Je vérifie les armes. Bon, elles sont nickel, sans doute un peu trop neuves. Les queues de détente sont dures..., répondit-il concentré.

Émilie repoussa le drap et s'avança vers lui. Elle l'enlaça et lui glissa à l'oreille :

— C'est mieux quand elles le sont... non ?

Elle rougit de ses propos audacieux, mais Malik esquissa un demi-sourire.

— C'est pas faux... Malheureusement nous n'avons plus vraiment le temps de nous amuser. Nous ne savons pas sur combien d'hommes, et de quel genre, nous pourrions tomber. Ce que je sais, en revanche, c'est que nous n'avons que deux armes, quatre chargeurs et quarante cartouches. Malgré mon entraînement, cela fait bien quatre ans que je n'ai pas tiré, donc je serai forcément moins précis ; et toi, sauf info nouvelle, tu n'as jamais touché une arme à feu...

— Détrompe-toi, j'ai déjà utilisé une carabine... à une fête foraine, fit-elle remarquer avec un sérieux simulé, pour détendre l'atmosphère.

— C'est mieux que rien... admit Malik amusé. Pendant que tu dormais, je suis allé chercher des protections auditives, des pétards et des pistolets à air comprimé. Tu as cinq minutes pour t'habiller, nous partons nous entraîner.

Cinq minutes pour émerger de sa nuit, c'était une sacrée pression pour Émilie. Elle n'avait pas l'habitude de se préparer aussi vite, mais, étant donné ce qu'ils allaient entreprendre, elle n'avait pas le choix. Vingt minutes plus tard, les deux amants se tenaient au milieu d'une ancienne carrière bordée d'arbres, parsemée de tas de gravats et de pierres, repérée grâce à Google Earth. À l'écart des habitations, cette carrière était parfaite pour la séance de tir qui allait suivre. Malik présenta à son amie le programme de la matinée d'entraînement : d'abord, rechercher l'œil directeur d'Émilie, celui avec lequel elle visait ; ensuite, travailler les positions usuelles du tireur, debout et à genoux ; utiliser les faux pistolets pour tirer en condition sonore stressante et en mouvement ; et enfin se servir de l'un des Glock 29 pour apprécier l'arme en conditions réelles. Ce programme chargé parut ambitieux à la jeune femme. Il lui sembla impossible de parvenir à tirer avec précision et sans trop de stress en quelques petites heures. Néanmoins, elle obtempéra et entra dans le « jeu » avec un certain enthousiasme. Cette préparation minimale était nécessaire avant d'aller à la rencontre de Maxime.

Malik montra à Émilie comment se positionner et la manière adéquate de tenir son arme. Elle l'imita parfaitement. Elle eut quelques difficultés à maîtriser la précision de ses tirs, notamment la pression exercée par son index sur la queue de détente. Ses échecs l'agacèrent mais elle persévéra, comptant bien réussir sa « formation » sous les conseils avisés de son instructeur. Après les exercices statiques, elle aborda les tirs en déplacement. Malik avait simulé des personnages sur des cartons trouvés çà et là dans la carrière. Émilie endossa le costume d'une tueuse et, alors même qu'elle pratiquait rarement les jeux vidéo, s'imagina dégommer des ennemis qui l'empêchaient d'atteindre une inestimable relique, à la manière d'une Lara Croft, sexy et agile. Elle eut la confirmation d'être sexy lorsqu'elle surprit par deux fois le regard concupiscent de son acolyte. Son agilité fut ensuite félicitée par les applaudissements d'un Malik agréablement surpris par les performances de sa compagne. Émilie était fière d'elle et se jeta dans ses bras pour l'embrasser fougueusement. Elle abandonna le Glock à terre et entreprit de dégrafer le pantalon de son compagnon...

Un moment plus tard, alors qu'ils se dirigeaient vers la voiture pour rentrer déjeuner à l'hôtel, Émilie considéra le pistolet dans sa main. Elle ne fuirait plus devant celui qui lui avait tant pris. Elle allait lui rendre ce qu'il demandait. Grâce à Malik, elle en avait aujourd'hui les moyens.

***

Émilie était assise, seule, sur le rebord de la fontaine, au milieu d'une foule joyeuse qui profitait du soleil de l'après-midi. Malik était parti étudier le lieu du rendez-vous du lendemain, au cas où ils n'aient d'autre choix que d'intercepter Maxime dans cet endroit trouble. La jeune femme lisait les infos sur son Smartphone, tout en tenant son sac en évidence et en scrutant la foule discrètement de temps à autre. Bientôt, une femme d'une soixantaine d'années s'approcha d'elle, hésitante, et dit :

— Émilie Millet ?

Émilie se leva, acquiesça et lui tendit la main. Rose se présenta et lui proposa d'aller prendre un café ; elles seraient ainsi plus à l'aise pour discuter. Émilie la suivit jusqu'à la brasserie la plus proche, dont les tables nappées de blanc étaient protégées du soleil par des stores vert vif flambant neufs. Elles s'installèrent, commandèrent, et Émilie entama la conversation. Elle remercia Rose d'avoir accepté de la rencontrer. Cette dernière lui apprit qu'elle n'avait pas revu son fils depuis plusieurs années, depuis qu'il avait brusquement rompu le contact avec elle. Le coup de fil d'Émilie l'avait beaucoup surprise. Émilie fut déçue par cette révélation. L'option « trouver Maxime *via* sa mère » ne mènerait à rien. Cependant, pour ne pas mettre fin à la rencontre de manière irrespectueuse, elle voulut savoir ce qui s'était passé. Rose, qui avait enfin l'occasion de parler de l'une de ses plus grandes souffrances, ne se fit pas prier.

— Maxime était un enfant adorable, attentif, calme et intelligent, rieur et aimant. Sans que l'on comprenne pourquoi, son père et moi, il devint en quelques mois, à l'adolescence, un jeune garçon rebelle, intraitable, sourd à tout conseil, à toute remarque de notre part. D'un autre côté, il étudiait bien à l'école, avait de bons résultats et aucun de ses professeurs ne se plaignait de lui. En dehors de l'école et de la maison, il fréquentait des gamins peu recommandables, que je suspectais de se livrer à certains trafics illicites, mais qui n'ont jamais conduit mon fils jusqu'en prison. Et puis...

Rose marqua une pause. Un voile de tristesse ternit son regard...

— Et puis survint l'accident.

Elle évoqua la colonie de vacances dans laquelle son mari et elle avaient jugé bon d'envoyer leur fils pour l'éloigner quelque temps de l'influence néfaste de ses « amis ». Elle raconta la mort de ce garçon dont elle n'oublierait jamais le nom : Michaël Bonde. Mort provoquée par son fils... qui n'avait jamais montré le moindre remords, même après des mois de thérapie. Rose soupira, les larmes au bord des yeux.

Émilie, interloquée, resta sans voix. Ainsi Malik avait vu juste : Maxime était bien l'adolescent responsable de la mort de son frère ! Pour quelles raisons ne lui avait-il rien dit à ce sujet ?

Rose poursuivit son récit. Sa voix tremblait sous la détresse qui remontait à la surface.

— Après ce drame, Maxime s'est renfermé sur lui-même. Il ne nous parlait quasiment plus. Il se contentait de nous croiser matin et soir avec une indifférence qui nous brisait le cœur chaque jour un peu plus.

Il y avait tellement d'affliction dans la voix de Rose qu'Émilie faillit craquer elle aussi, mais elle dissimula sa compassion pour écouter la suite des confessions de Rose.

— Maxime a ensuite voulu suivre des études d'ingénieur, aussi lui avons-nous loué un studio pour lui permettre de prendre ses responsabilités. Une fois parti, il ne rentrait que rarement le week-end. Puis un jour, au prétexte que son père le « bridait trop » et avait refusé de lui prêter sa voiture, il est parti en claquant la porte et n'a plus jamais remis les pieds chez nous.

Une ombre passa de nouveau sur le visage terrassé de Rose.

— J'espère chaque jour avoir de ses nouvelles, qu'il me revienne, mais... Rose soupira : la possibilité que cela arrive diminue avec le temps. À vrai dire, je m'y accroche de moins en moins – en tout cas j'essaie. Cela fait moins mal.

Émilie baissa le regard sur sa tasse. Elle ne comprenait que trop bien ce qu'éprouvait Rose. Elle ne pouvait hélas rien lui dire de ses propres tourments... Cependant elle souffla :

— Je suis sincèrement navrée pour vous. Il est tellement dur de perdre un enfant !

— C'est la pire douleur qui soit, déclara Rose. Survivre à son absence, à toutes ces heures perdues à jamais, est la pire épreuve qu'une mère ait à souffrir.

Pour ne pas laisser les émotions de l'une et l'autre prendre le dessus, Émilie demanda des nouvelles du père de Maxime. Rose lui apprit qu'il était décédé dans un accident de voiture deux ans plus tôt. Émilie présenta ses condoléances. Rose la remercia, puis lui demanda à quel point elle avait été proche de son fils. Émilie lui apprit qu'elle avait vécu six ans avec lui. Rose lâcha un « Oh ! » stupéfait et se laissa aller contre le dossier de sa chaise, sous le choc. Elle demanda ce qui s'était passé *ensuite*. Il s'était forcément passé quelque chose pour qu'une histoire qui semblait sérieuse se terminât avec la disparition de son fils de la vie de cette jeune personne apparemment charmante. Maxime avait décidément un penchant dévastateur auprès de tous ceux qui l'aimaient.

— Rien de spécial, mentit encore Émilie, une étrange tristesse dans le regard. Il devait se rendre à un congrès de plusieurs jours pour son boulot – il était ingénieur pour une grosse boîte de développement de nouvelles technologies, précisa-t-elle pour donner à Rose quelques détails rassurants sur son fils, même s'il n'en était rien. Il n'est jamais rentré… J'ai essayé de le joindre par téléphone, mais il ne répond pas. Je ne comprends pas, je m'inquiète…

— Je suis vraiment navrée de ne pas pouvoir vous aider à le retrouver.

— Écoutez, trancha Émilie qui voulait mettre fin à cet échange riche d'enseignements sur Maxime mais infécond à court terme, je vais poursuivre mes recherches, et si je le retrouve je ne manquerai pas de vous prévenir.

— Merci, vous êtes adorable.

Émilie lui serra la main et elles échangèrent quelques paroles convenues pour se dire au revoir. Elle traversa la place sans se retourner et s'éclipsa rapidement. Rose la regarda s'éloigner jusqu'à ce qu'elle disparaisse au détour d'une rue. Elle aurait aimé en savoir plus sur cette jeune personne, dans quelles circonstances elle avait rencontré Maxime, ce qu'ils avaient partagé tous les deux, comment elle avait pu devenir proche d'un garçon qui ne recherchait que la fréquentation des pires racailles. Elle aurait pu combler les années de vide… Les paroles d'Émilie lui revinrent en mémoire : « Il est tellement dur de perdre un enfant. » Elle resta pétrifiée un long moment sur sa chaise. Elle venait de comprendre pour quelles raisons Émilie recherchait son fils.

Assise sur un banc, sur une placette éloignée de la place Bernard, Émilie attendit un moment que Malik vienne la rejoindre. Ils s'installèrent à la terrasse d'un café et, entre une orangeade pour elle et un mojito pour lui – devant lequel Émilie songea un bref instant que son amant picolait sans doute un peu trop –, elle lui relata ce qu'elle avait appris. Le couple rentra à l'hôtel. Émilie sortit de sa valise le document où étaient notés des dates, des horaires et des lieux sans autre précision, et le déposa sur le lit. Assise à côté de Malik, elle soupira.

— Bon, ben on n'a plus qu'à être en avance à cet endroit-là, dit-elle en pointant du doigt une adresse, et à espérer qu'il soit lui aussi en avance, et seul...

# 1

Le lendemain matin, après une nuit entrecoupée de cauchemars dans lesquels s'étaient succédé des Viggo et des Maxime tantôt menaçants, tantôt effrayants, Émilie descendit déjeuner avec Malik. Ils feignirent le bonheur d'un couple en vacances. Ils se préparèrent ensuite en silence et dans la plus complète concentration.

Un peu plus tard, Malik gara son cabriolet derrière une pile de palettes, à l'arrière de l'entrepôt où était prévu, à dix heures, le rendez-vous mafieux. Ils avaient une heure d'avance. Ils allaient ainsi pouvoir prendre leurs marques et se préparer plus sereinement à ce qui s'annonçait comme l'épisode le plus angoissant de la vie d'Émilie. Ils s'assurèrent d'être seuls avant de courir jusqu'à la porte de derrière. Un air glacial les enveloppa dès qu'ils pénétrèrent dans le hangar, en même temps qu'un silence impressionnant. Émilie frissonna. Malik lui prit la main et l'entraîna vers les escaliers qui menaient aux bureaux. Ceux-ci étaient établis à environ trois mètres au-dessus du sol et accessibles par des escaliers à droite et à gauche. La première pièce dans laquelle ils entrèrent était meublée de façon spartiate d'un bureau dont le bois était marqué de coups de couteau, d'une vieille chaise et d'une armoire métallique à moitié dégondée. Émilie se détendit quelque peu. Elle se sentait davantage en sécurité entre ces quatre murs qu'à découvert, plus bas, dans l'entrepôt. Malik lui expliqua la manière dont se déroulerait probablement la rencontre entre les malfrats, et son plan. D'après lui, chaque camp se composerait de trois hommes, armés jusqu'aux dents, cela allait de soi. Se retrouver face à six hommes hostiles ne semblait pas lui poser trop de problèmes. Émilie le trouvait très optimiste. Elle commençait à avoir quelques sueurs froides à l'idée de faire face à six ordures armées... minimum. Son ami enchaîna en évoquant l'hypothèse que les hommes pourraient tout aussi bien être plus nombreux, si jamais l'un des deux groupes n'avait pas suffisamment confiance en l'autre – ce qui n'était pas impossible étant donné les retards de livraison de Maxime. Retards qui m'ont valu de perdre mon bébé..., songea Émilie, qui se rendit compte que depuis deux jours sa douleur s'était muée en un violent désir de vengeance. Il fallait vraiment que Maxime arrive en avance, afin qu'ils aient le temps de le neutraliser. Ne le voyant pas, l'autre groupe déciderait sans doute de s'en aller, ce qui laisserait au couple téméraire de meilleures chances de filer en douce.

Les battements du cœur d'Émilie heurtaient de plus en plus violemment sa poitrine. Elle avait la sensation que tout espoir de survie après cette matinée s'amenuisait au fur et à mesure que Malik dressait le tableau des événements. Elle regretta de ne pas avoir sous la main un peu de Xanax, qui lui aurait été bien utile tant elle commençait à sentir ses intestins se nouer d'angoisse. Heureusement il termina :

— Allez viens, allons prendre position.

— Oh ! oui, tiens, allons prendre position, répéta-t-elle en lui adressant une œillade complice, pour dédramatiser la situation.

Et s'ils faisaient l'amour, là, sur ce bureau, et oubliaient Maxime et consorts, et toutes les complications qui allaient suivre ? La vie n'en serait-elle pas plus simple ? songea-t-elle avec une pointe de désespérance. Hélas, ils n'avaient guère d'autre alternative. Maxime avait prouvé son acharnement à la poursuivre jusqu'au bout du pays. Il fallait que cela cesse.

Le plan de Malik était simple : dès l'arrivée de Maxime, Émilie devrait l'attirer dans le bureau pour qu'ils lui règlent son compte. Dans le cas où cela leur serait impossible, leur position surélevée leur conférerait un avantage certain sur leurs adversaires. Malik prévoyait de permettre à Émilie de s'enfuir en usant de diversions telles que des coups de feu et des pétards, qu'il jetterait en contrebas, pour la couvrir. Tout cela rassura la jeune femme, qui avait une confiance presque totale en son amant – mais avait-elle d'autre choix ?

— Ça va bien se passer, dit-elle, autant pour se rassurer que pour assurer Malik de ses capacités. On est ensemble, et je t'aime.

Elle déposa un rapide baiser sur ses lèvres et lui sourit. Ils s'accroupirent sous les fenêtres dont les carreaux avaient été brisés par Malik la veille[15], et attendirent. Le temps sembla s'éterniser. Émilie s'impatientait, transpirait d'appréhension. N'y tenant plus, elle étira sa jambe droite envahie de fourmillements.

Ils entendirent bientôt le moteur d'une camionnette, le crissement du gravier, puis les pneus sur le sol de l'entrepôt dans lequel le diésel résonna dans un vrombissement épouvantable. Les deux jeunes gens risquèrent un coup d'œil depuis leur hauteur.

Ils virent Maxime sortir du véhicule et en claquer la portière avant de maugréer :

— Putain, je le sens pas, mais vraiment pas. Ils vont me la faire à l'envers, ces cons...

Maxime était seul. C'était inespéré. Émilie se leva et se dirigea, quelque peu tremblante, vers la porte du bureau. Elle hésita une milliseconde, puis se plaça au sommet des escaliers, d'où elle héla son ex-compagnon :

— Maxime... Maxime ! C'est toi ?

— Émilie ? s'étonna-t-il. Qu'est-ce que tu fous ici ?

— Je veux qu'on arrête tout. Que chacun d'entre nous vive sa vie. Monte, j'ai tes papiers et je vais te signer un retrait de plainte. Tu peux même m'enregistrer, si tu le souhaites.

Maxime la considéra avec hésitation, puis traversa une bonne partie de l'entrepôt. Parvenu au pied des marches, il marqua une pause.

---

[15] Pour en savoir plus, lire *Comptes à rebours : Malik,* selon Fred Daviken.

— Dis donc, Em', tu ne me prendrais pas pour un con, des fois ? Tu crois que je vais venir comme ça ? Trois jours que je n'ai pas de nouvelles des mecs que j'ai envoyés à ta recherche. Et toi, t'es là comme une fleur, à minauder !

— Non, Max, c'est pas ce que tu crois. Je veux vraiment tirer un trait sur toute cette merde. Si je suis là, c'est parce que j'ai compris que les papiers que tu voulais concernaient des rendez-vous. Il y en avait un aujourd'hui... C'est pour ça que je suis là. Quant à tes sbires, je les ai vus en sortant de boîte il y a quelques jours, et c'est tout. Mais si tu veux pas de mon offre, pas de souci, je me casse.

Maxime n'en revenait pas. Elle avait le culot de venir le provoquer jusqu'ici, seule, et imaginait pouvoir s'en aller ensuite, comme si de rien n'était ! Masquant sa fureur, il grimpa les marches tout en glissant sa main droite dans son dos. Émilie le surveillait, inquiète. Il tira soudain son pistolet de sa ceinture et le pointa en direction de la jeune femme. Celle-ci fit aussitôt volte-face et se précipita dans le bureau. Maxime courut à sa poursuite. Il beugla :

— Sale petite conne ! Tu vas me payer ça !

Il tira dans sa direction. Émilie roula à terre et évita la balle de justesse. Malik émergea de dessous le bureau où il s'était dissimulé peu avant. Il attrapa Maxime par la taille. Dans sa chute, ce dernier heurta l'armoire de plein fouet et perdit connaissance. Émilie en profita pour envoyer une corde à Malik, qui noua les poignets de l'agresseur dans son dos. Ils le redressèrent et l'attachèrent sur la chaise.

Maxime rouvrit les yeux un peu plus tard. D'abord stupéfait, il considéra Émilie et Malik. Il afficha rapidement un air de défi tout à fait exécrable, d'autant plus étonnant qu'il n'était plus en position de force : il avait les poings liés et Malik le tenait en respect à distance avec son arme, se retenant pour ne pas lui mettre directement une bonne droite. Émilie n'eut pas cette délicatesse. Elle gifla Maxime et gronda :

— Pourquoi m'as-tu envoyé tes deux clébards ? Je te les aurais rendus, tes papiers à la con !

Elle sortit les feuillets de la poche arrière droite de son jean et les lui balança au visage. Elle reprit :

— Ils ont failli me tuer ! Pourquoi ?

— Je vois que tu es toujours en vie, constata Maxime avec ironie.

— Ta gueule ! intervint Malik en lui assénant un coup de poing.

— Réponds, crétin, enjoignit Émilie.

Maxime lança un regard furieux à Malik, dont il estimait qu'il n'avait pas à se mêler de ça, et répondit en fixant Émilie droit dans les yeux :

— Ils devaient juste te surveiller et te faire peur, rien de plus.

— Ta lettre ne suffisait pas, alors ? T'avais besoin de resserrer ton emprise même à l'autre bout de la France !

— Les flics se sont intéressés à moi d'un peu trop près, après ta plainte ! Tu n'espérais quand même pas que je te laisse t'enfuir et refaire ta vie tranquille !

Maxime décocha un regard haineux à Malik, qui ne laissait planer aucun doute sur l'estime qu'il portait au Franco-Algérien.

— Tu l'as déniché où, celui-là ? demanda-t-il avec mépris.

— Ta gueule, on t'a dit ! cria Émilie à bout de patience. On est venus régler nos comptes.

— Nos... ?

— Ouais, l'interrompit-elle. D'abord, pour m'avoir fait perdre mon bébé...

Elle sortit son pistolet de sa ceinture, l'approcha du genou gauche de Maxime et appuya sur la détente. Le coup de feu retentit, immédiatement suivi par un bruit de chairs qui se déchirent et un cri de douleur. La jambe de Maxime était ensanglantée, muscles et os transpercés par la balle.

— Putain ! gémit Maxime, de colère et de douleur. Salope ! Tu t'en tireras pas vivante. Dans quelques minutes vous allez crever, tous les deux !

— En attendant on est là pour toi, fit Malik froidement.

— Ensuite, pour m'avoir menacée et intimidée... poursuivit Émilie.

Bien campée sur ses jambes, elle visa le second genou. Un nouveau hurlement s'éleva dans l'entrepôt désert. Maxime ne marcherait plus avant longtemps. Des larmes réflexes coulèrent sur son visage. Au bout de quelques instants de lutte contre la douleur, il articula :

— Vous voulez me torturer à mort, ou quoi... ?

— Toi seul sais ce que tu mérites, non ? Tu n'es pas fou, tu as toujours été conscient de tes actes, n'est-ce-pas ? répondit Émilie.

Elle baissa son arme et avança vers Maxime. Ses genoux, sanguinolents, n'étaient pas beaux à voir. Elle plongea son regard le plus dur dans celui, d'acier vacillant, de Maxime. Elle lui asséna la gifle la plus magistrale de sa vie. Il serra les dents sous l'humiliation.

— Ça, c'est pour avoir été un salaud avec tes parents, pour les avoir laissés dans la peine et les avoir abandonnés.

Étonné, il releva le visage vers elle.

— Mes parents ? Que viennent-ils faire là-dedans ?

Émilie pencha la tête sur le côté et considéra Maxime sans répondre. Il comprit que la jeune femme douce et fragile qu'il avait connue avait disparu derrière le masque de la douloureuse vengeance. Émilie recula de quelques mètres, leva son arme en direction de son ex-compagnon. Le canon visait son visage cette fois. Maxime la supplia :

— Arrête, merde ! Tu sais bien que j'ai jamais voulu tout ça ! Tu sais bien que ce que je voulais, c'était qu'on vive heureux !

— Mon cul, siffla Émilie entre ses dents, furieuse. Tu n'as jamais voulu le bonheur de personne !

Elle abaissa légèrement son arme et fit feu. Maxime ferma les yeux et serra les dents sous l'atroce douleur qui vrilla son ventre.

— Et ça, c'est pour m'avoir obligée à tuer un homme, conclut-elle.

Maxime, au comble de la douleur, considéra son abdomen. Le sang qui s'en échappait était noir, déjà. Quoi qu'il arrivât à présent, il était fichu, il le savait. Il n'avait plus aucun espoir de sortir vivant de cet entrepôt.

— À quoi bon m'excuser ? fit-il à bout de forces. Tu m'as déjà jugé.

— T'es de toute façon pas du genre à t'excuser, intervint Malik.

Émilie recula de quelques pas. Elle avait eu sa vengeance. Que Maxime meure lentement lui convenait. Une mort douloureuse et longue à venir... Émilie s'en délectait. Malik poursuivit :

— Bon, j'en ai marre de ton petit air suffisant. Tu ne regretteras rien. Con un jour, con toujours. Y a rien à tirer de toi... Alors, regarde-moi attentivement... Là, tu me remets ? Non, ben non, bien sûr ! Nous sommes tous des crouilles, des enculés de Maghrébins qui viennent vous prendre du boulot et baiser vos femmes... Juste bons à ramasser tes poubelles de petit Français bien propre... Alors, regarde-moi bien Maxime Tcharabouchian. Regarde bien mon visage, parce que c'est tout ce que tu vas emmener en enfer.

Maxime comprit, trop tard, qui se tenait devant lui. Émilie vit Malik approcher le canon de son arme au plus près du visage de celui qu'elle venait de torturer, jusqu'à le glisser dans sa bouche. Elle comprit qu'il allait commettre l'irréparable.

— Alors, maintenant, ouvre la bouche... Ouvre... Encore un peu plus... Voilà, comme ça... Pour mon petit frère et pour ma mère...

Avant qu'elle n'ait pu dire quoi que ce soit pour retenir Malik, la détonation retentit, violente. Un coup de fouet retentissant s'éleva dans le silence morbide de l'entrepôt.

Émilie ferma les paupières trop tard. Le crâne et la cervelle avaient volé en éclats sous ses yeux. Du sang avait jailli de toute part. La jeune femme poussa un cri d'horreur. Elle posa un regard effondré sur la tête défigurée de Maxime. Au moment où un haut-le-cœur l'assaillit, Malik se précipita sur elle et l'attrapa par le bras.

— Viens, Émilie, on dégage ! J'ai entendu des bruits de voiture. C'est maintenant notre dernière chance de nous tirer de ce merdier.

La porte principale du hangar claqua avec fracas. Des tirs d'armes automatiques retentirent fortement, brisant le silence. Un homme rugit en apercevant des silhouettes par l'une des fenêtres du bureau :

— Franz ! Là-haut ! Couvre-moi !

D'instinct, Émilie et Malik s'accroupirent. Le bureau fut constellé de balles. Les impacts résonnaient sur l'armoire et déchiquetaient les murs. Des pas gravissaient les escaliers à toute vitesse.

— Merde, des AK 44 ! Émilie, prends ton arme, dirige-toi au fond de la pièce ! ordonna Malik en renversant la table du bureau face à la porte d'entrée.

— Non, je reste avec toi, lui cria-t-elle.

— Fais ce que je te dis !

Émilie s'exécuta. Elle se précipita vers l'armoire, qu'elle fit tomber à terre dans un vacarme assourdissant. Deux types jaillirent dans la pièce la seconde d'après. Émilie se recroquevilla derrière le meuble qui avait déversé tous ses vieux documents à terre. Les assaillants firent feu dans toutes les directions, avec une violence effroyable. Protégée par l'armoire, Émilie, les mains plaquées sur les oreilles, ne reçut aucune balle. Elle risqua un coup d'œil sur un côté et vit Malik, intrépide, se redresser, viser et tirer plusieurs coups de feu assez rapidement pour que les autres n'aient pas le temps de répliquer. Les hommes s'écroulèrent. Le jeune homme n'avait pas perdu grand-chose de ses compétences au tir. Il émergea de derrière la table, saisit l'une des armes et se dirigea vers une fenêtre. Incapable de bouger d'un millimètre, Émilie tremblait de tous ses membres. Elle le vit balancer des pétards et tirer une impressionnante rafale en contrebas. De nouveau elle se boucha les oreilles, ferma les yeux. L'espace d'une seconde, elle se revit sur le sable dans les bras d'un Malik qu'elle ne connaissait pas encore, comme si son esprit cherchait un autre moyen de fuir ce Tartare sans issue.

Les tirs cessèrent. Malik, qui avait rampé vers elle, la tira de ses fantasmes :

— Bon, Émilie, la situation devient critique. Leur armement et leur nombre sont bien supérieurs à ce que j'avais estimé. Nous n'avons pas le choix, faut vite sortir par derrière. C'est notre seule chance.

— OK, on y va. On sort d'ici, Malik.

Les balles sifflaient toujours au-dessus de leur tête, à travers les fenêtres et dans les murs. Ils se dirigèrent à quatre pattes, aussi vite que possible, vers l'autre sortie. Ils descendirent l'escalier en courant, mus par l'adrénaline, sans réfléchir. Réfléchir, c'était mourir. Soudain une explosion détruisit les marches. Émilie et Malik furent projetés à terre. Émilie, sonnée, parvint malgré tout à se redresser, mais elle était dans le brouillard. Elle tremblait. Son Glock avait disparu dans la chute. À travers le vrombissement de ses oreilles, elle entendit des voix enjoindre de « les buter ». Elle vit Malik décharger les dernières cartouches du fusil automatique. Peut-être réussit-il à toucher quelques ennemis car les tirs cessèrent momentanément.

D'un même regard, les deux amants évaluèrent la distance qui les séparait de la porte de sortie. Deux petits mètres d'effort, encore. Malik lança avec force :

— On ne peut plus reculer, mon amour. Allez, courage ! J'ai vécu avec toi les plus beaux jours de ma vie. Je t'aime tellement... Je te promets qu'on va s'en sortir. Tu me fais confiance ?

Des larmes roulèrent sur les joues d'Émilie. Pessimiste sur leurs chances de survie, elle s'accrocha malgré tout à un dernier espoir et lui sourit.

# 0

Malik prit la main d'Émilie et ils coururent vers la sortie de l'entrepôt. Trois hommes les attendaient, prêts à faire feu. Dès que les fuyards passèrent la porte, une rafale de balles les faucha.

À terre, Émilie regarda Malik. Son corps était transpercé de lames de douleur. Elle sentait que son cœur s'arrêterait d'un instant à l'autre. Une larme coula sur sa joue, elle tremblait. Dans un ultime élan d'énergie, elle rassembla ses dernières forces pour murmurer faiblement : « Je suis tellement désolée... ».

Malik, le souffle irrégulier, approcha lentement sa main de celle d'Émilie. Elle eut juste le temps de saisir ses doigts et de percevoir une onde de chaleur fugace à travers sa peau. Elle sombra dans le néant.

***

Elle se réveilla lentement. Elle avait la bouche pâteuse et l'esprit embrumé. Elle perçut le bip sonore régulier d'un scope, transcripteur fidèle des battements de son cœur. Elle ouvrit péniblement les paupières. La lumière du jour l'aveugla quelques secondes. Elle était entourée de murs blancs. Une grande fenêtre close donnait sur le ciel bleu à sa droite. Sur sa gauche, une vitre composait la moitié haute du mur qui la séparait du couloir. Un store à lamelles était relevé, de sorte qu'elle put apercevoir une infirmière aussi volatile qu'un songe.

Émilie était allongée sur un lit d'hôpital. Elle voulut bouger les jambes, mais cet effort inefficace l'épuisa. Presque aussitôt elle replongea dans la brume.

Durant les jours qui suivirent son réveil, elle fut incapable d'émettre le moindre son. Elle ne parvenait qu'à entendre ce que lui expliquaient infirmières et médecins sur les soins qui allaient lui être apportés, sur l'évolution de son état. Visiblement, tous étaient heureux qu'elle ait repris conscience. Des fourmillements parcouraient son corps de plus en plus souvent, grâce aux massages effectués quotidiennement par le kinésithérapeute et aux manipulations des infirmières et des aides-soignantes pour la laver. Elle se demandait, depuis son réveil, comment elle avait pu finir dans cet état presque végétatif.

Un jour, un médecin l'interrogea sur la façon dont elle se sentait. Elle parvint, pour toute réponse, à esquisser un sourire. Il lui apprit qu'elle avait été victime, entre autres, d'une hémorragie cérébrale. Elle avait reçu huit balles lors d'une fusillade... Les opérations chirurgicales pour la sauver avaient été couronnées de succès et ses blessures étaient bien cicatrisées. Elle avait ensuite passé trois semaines dans le coma. Son pronostic avait été très réservé, au début, mais le coma artificiel avait permis d'éviter le pire. Le médecin poursuivit en lui annonçant qu'elle ne récupérerait probablement pas la totalité de ses facultés motrices et intellectuelles, mais il était optimiste malgré tout. Une longue rééducation lui permettrait certainement de reprendre une vie normale dans plusieurs mois.

Émilie crut sombrer dans le vide à l'annonce de toutes ces nouvelles peu réjouissantes. Les paroles du médecin la renvoyaient à un passé dont elle ne se souvenait pas et lui promettaient un avenir compliqué. Comment avait-elle pu être blessée par balles ? Sans parvenir à résister davantage, elle se laissa emporter par la torpeur.

Un mois plus tard, assise dans un fauteuil roulant devant son kinésithérapeute, dans la salle de rééducation de l'hôpital, elle était prête à tenter quelques exercices musculaires quand la porte de la pièce s'ouvrit sur un couple accompagné de son médecin. L'homme et la femme se plantèrent devant elle, intimidants. À voir leurs uniformes, ils ne venaient pas seulement prendre des nouvelles de sa santé.

— Nous sommes les lieutenants Kabla et Roussel, présenta la dénommée Kabla. Nous sommes intervenus sur les lieux de la fusillade où vous avez failli perdre la vie, il y a deux mois. Nous enquêtons sur la mort de Maxime Tcharabouchian. Vous le connaissiez ?

À l'évocation de ce prénom, certains souvenirs d'Émilie refirent instantanément surface. Tous jusqu'à ce qu'elle arrive chez son amie Caroline, à Paris. Un flash mémoriel impressionnant qui lui donna le vertige. Elle ferma les yeux, étourdie, et sentit la main de son kiné se poser sur son bras. Il s'inquiéta d'elle.

— Ça... va, articula-t-elle péniblement dans un sourire, pour le rassurer.

C'était la première fois depuis son réveil que sa mémoire était si nette, si précise. Il lui fut cependant impossible de se souvenir de ce qu'elle avait fait après avoir revu Caroline. Le vide absolu. Elle poursuivit, en butant sur chaque mot :

— Maxime... est... mort ?... Comment ?

— Vous prétendez ne pas vous en souvenir ? intervint le lieutenant Roussel.

— Je... non... tout est... flou..., répondit-elle sincèrement.

— Quel est votre dernier souvenir ? interrogea Kabla.

Émilie ferma les yeux pour se concentrer. Le médecin observait la scène avec attention. Il ne doutait pas de l'amnésie de sa patiente, vu l'atteinte cérébrale dont elle avait été victime.

— Mon arrivée à Paris... Caroline, mon amie... qui m'a hébergée... Ensuite... je ne sais pas...

Émilie plissa les paupières dans un réel effort de mémoire, en vain. Le trou noir total. Elle lança un regard de détresse à son médecin.

— Son amnésie est réelle, intervint ce dernier. Nous lui avons fait passer IRM et scanner, son cerveau a été durement atteint. L'amnésie est le moindre mal qu'elle puisse présenter. À vrai dire, nous pensions qu'elle ne se réveillerait pas et que, si elle le faisait, elle resterait tétraplégique.

Les officiers de police judiciaire hochèrent la tête en signe de compréhension. Cependant, Roussel dit :

— Nous pensons que vous avez une responsabilité dans la mort de Maxime Tcharabouchian, vous et Malik Bonde, décédé lors de la fusillade du 13 mai.

— Malik... Bonde ? Qui... est-ce ? questionna Émilie en fronçant les sourcils.

# ÉPILOGUE

Émilie releva la tête de ses notes. Depuis sa sortie de l'hôpital, et son installation – provisoire – chez Caroline, elle était obsédée à l'idée de retrouver dans ses souvenirs confus qui était ce Malik Bonde dont lui avaient parlé les enquêteurs. Armée d'un stylo, elle inscrivait noir sur blanc tout ce qui lui revenait en mémoire. Jusqu'à présent, pas la moindre trace de cet homme mystérieux.

Son regard se perdit à travers le rideau de pluie qui s'abattait au-dehors. Un gargouillis révélateur émana de son estomac. Elle attrapa son Smartphone qui traînait toujours sur son bureau et composa le numéro d'un livreur de sushis, enregistré dans ses contacts. La commande passée, elle reposa l'appareil téléphonique. Ses yeux tombèrent sur une carte de visite qui dépassait d'une pile de documents qui traînaient là depuis plusieurs semaines. De l'index, elle fit glisser la carte jusqu'à elle. Hôtel des Isle, Barneville-Carteret. Ce nom, ce logo lui rappelaient vaguement quelque chose... Mue par l'envie soudaine de s'évader vers la Manche, elle saisit sur son portable les chiffres présents sur la carte. Quelques minutes plus tard, elle réservait une chambre pour une nuit, le week-end suivant. Une fois la conversation terminée, elle fit tourner la carte entre ses doigts durant encore quelques minutes, triturant son esprit en quête d'une information, même ténue. Sans résultat.

Ce fut un samedi ensoleillé qui l'accueillit en bord de mer. Le vent léger, l'odeur saline des embruns, le paysage, tout dégageait une impression de déjà-vu. Elle gara sa petite Clio grise sur le parking de l'hôtel, en tira son sac de voyage, et gagna la réception. Une certaine Isabelle l'accueillit et lui remit la clé de sa chambre tout en la dévisageant. Émilie lui adressa un rapide remerciement poli, légèrement gênée par le regard appuyé de l'hôtelière. Elle haussa les épaules et se détourna. Elle traversa le hall pour gagner l'ascenseur qui devait la conduire à son étage. Son regard balaya les lieux. La terrasse du bar avait vue sur la mer. Émilie marqua un temps d'arrêt, perplexe. Mon dieu que cet endroit lui semblait familier ! Se pouvait-il qu'elle soit déjà venue ici ? Elle poursuivit son chemin. Une inquiétude étrange commença à la gagner. Parvenue devant la porte de la chambre qui lui avait été attribuée, elle hésita. Une seconde. Elle se dit qu'elle délirait. Qu'il ne s'était rien passé de terrible, ici. Elle déverrouilla l'accès. Sous ses yeux se dévoila une alcôve nimbée de pastels rouges qui baignaient l'endroit dans une ambiance des plus sensuelles.

Son cœur rata un battement. Tremblante, elle fit un pas en avant, referma la porte derrière elle, et laissa tomber son sac à terre. Le souffle court, animée soudain par une certitude mêlée de crainte, elle se précipita jusqu'à la fenêtre, qu'elle ouvrit d'un geste brusque. Elle se pencha pour vérifier le chambranle. L'inscription s'y trouvait bien. Ce « E+M 03/05/15 », gravé non pas pour l'éternité, mais pour qu'elle se souvienne de lui... d'eux. Les images affluèrent en un raz de marée qui lui donna le vertige. Elle se redressa, reprit son souffle en inspirant un grand bol d'air marin. Elle se retourna et jeta un regard sur le lit. Alors elle le vit. Lui. Cet homme qui n'était plus mystérieux. Malik. Elle ferma les paupières. Les larmes noyèrent son visage autant que son cœur.

# REMERCIEMENTS

À Frédéric, pour m'avoir proposé ce défi littéraire qui s'est avéré être une expérience formidable, un ballet de mots et d'idées que j'ai eu grand plaisir à composer à ses côtés. Merci d'être entré dans ma vie et d'être mon ami.

À Isabelle, Christophe et François, pour leurs avis précieux, à Bernard, pour son œil averti, comme toujours, et à Matthieu.

À mon amour de fille, pour sa compréhension et son respect de mon besoin de calme et de solitude. Merci enfin à Xavier, pour son soutien indéfectible.

**Du même auteur :**

*La Légende du futur*, roman, 2012, nouvelle édition : 2017.

*Éprise au piège*, roman, 2013, nouvelle édition : 2018.

*La Flamme*, recueil de nouvelles, décembre 2017.

*Sites Internet de l'auteur*
http://lenvolduphoenix.canalblog.com
https://helenedestrem.com

***Crédits photos concernant l'illustration de couverture de cette édition :***
Istock
Crédits : chinaface
Référence de la photo : 869602772
Crédits : 4x6
Référence de la photo : 924649946
Crédits : robertsrob
Référence de la photo : 876688990
Couverture, Matthieu Biasotto.